EIN SCHOTTISCHER HERZOG ZU WEIHNACHTEN

Historischer Liebesroman

HERZOG VON STRATHMORE
BUCH IV

SASHA COTTMAN

Übersetzt von
CORINNA VEXBORG

Kapitel Eins

L ondon, April 1789

Lieber Leser,

Ihre unerschrockene Korrespondentin hat aus zuverlässiger Quelle erfahren, dass ein gewisser Herzog, der über Ländereien nördlich der schottischen Grenze verfügt, das Pech hatte, von seiner Geliebten sitzen gelassen zu werden. Man munkelt auch, dass die betreffende Dame, die älteste Tochter eines niederen Adligen, aus London geflohen ist, um bei ihrem heimlichen Liebhaber zu sein.

Mitglieder der Londoner Elite sind angeblich völlig fassungslos über die Nachricht ...

Ewan Radley, der Herzog von Strathmore, klappte das Skandalblättchen zu und warf es mit Schwung in den Kamin. Er sah zu, wie die Flammen es hungrig verschlangen.

Er brauchte nicht mehr zu lesen. Das Einzige, was zählte, war, dass der Rest der Londoner Gesellschaft nun das skandalöse

Geheimnis kannte, das er in den vergangenen Monaten verborgen gehalten hatte.

Lady Beatrice Hastings hatte ihre Verlobung aufgelöst und war verschwunden. Sein Leben war völlig aus den Fugen geraten.

»Ich werde die Lachnummer des *Ton* sein«, murmelte er.

In Salons und an Frühstückstischen in den besten Häusern Londons wäre er an diesem Morgen das Hauptgesprächsthema.

Von Rechts wegen sollte ihm das egal sein. Es war ja nicht so, dass sie ein Liebespaar gewesen waren. Lady Beatrice war die älteste Tochter eines alten Freundes der Familie. Mit ihrer guten Abstammung und einer beträchtlichen Mitgift war sie die perfekte Kandidatin für eine Position als Herzogin. Die einzige andere Kandidatin mit einem so tadellosen Hintergrund war ihre jüngere Schwester Caroline, die Frau, die er einst zu heiraten beabsichtigt hatte.

Die Ereignisse lagen noch zu kurz zurück, als dass er sie in vollem Umfang hätte begreifen können, aber Ewan ahnte, dass das ganze Ausmaß des Schadens, den er durch seine überstürzte Entscheidung, Beatrice mit in sein Bett zu nehmen, angerichtet hatte, bald vor ihm liegen würde.

Er schob seinen Frühstücksteller beiseite; das Essen war kein Trost für seine kalte Magengrube.

»Soll ich Ihre Kutsche vorfahren lassen, Euer Gnaden?«, fragte sein Butler.

An diesem Tag tagte das House of Lords. Als Herzog von Strathmore hatte Ewan eine Verantwortung, die selbst ein Skandal wie dieser nicht in Schach halten konnte.

»Ja, Hargreaves. Lasst uns so schnell wie möglich in den Strudel hinausgehen«, antwortete er.

Da das Oberhaus bald in die Osterpause gehen würde, blieb ihm nur eine Woche, die er aushalten musste. Sobald das Parlament vertagt war, konnte er aus London fliehen und auf seinem Schloss in Schottland Zuflucht suchen.

Und wie er die Londoner Gesellschaft kannte, würde bei

seiner Rückkehr ein anderer pikanter Skandal den Platz des seinen in der öffentlichen Wahrnehmung einnehmen.

Kapitel Zwei

London, November 1789

Lady Caroline Hastings saß am Tisch und starrte auf ihren kalten Toast. Die Frage, ob sie Butter darauf geben sollte oder nicht, hatte sie längst aufgegeben. Es war ihr einfach egal.

Am anderen Ende des Tisches hatten ihre Eltern, Lord und Lady Hastings, ihre übliche tägliche Diskussion.

Die Akte Beatrice. So nannte sie das insgeheim. In den vergangenen acht Monaten wurde ihr Vater jeden Morgen von seinen Agenten über alle Entwicklungen bei der Suche nach ihrer älteren Schwester informiert.

»Die Spur in Cornwall hat sich in eine weitere Sackgasse verwandelt«, stellte Lord Hastings fest.

Seine Frau schloss die Augen und stieß einen niedergeschlagenen Seufzer aus.

Caroline musste ihrer Mutter stillschweigend ihre Anerkennung zollen. Jeden Tag verließ die Gräfin das Haus und ging ihren Geschäften als Anführerin des Londoner *Haute Ton* nach. Seit Beatrice' Verschwinden hatte sie nicht ein einziges Mal eine

Veranstaltung versäumt oder eine erwartete Einladung abgelehnt. Sie hatte sich die von der Oberschicht so geschätzte Haltung bewahrt.

Niemand außer der unmittelbaren Familie Hastings kannte die Wahrheit. Dass Lady Hastings in den Monaten nach Beatrice' Verschwinden einem völligen emotionalen Zusammenbruch nahe gekommen war. Aber als die Kämpferin, die sie war, hatte sie es geschafft, ihre Tränen und ihren Schmerz für sich zu behalten.

Caroline verließ den Tisch und ging auf den Flur hinaus, um sich in ihr Zimmer zurückzuziehen. Sie hoffte inständig, dass ihre Mutter nicht erwartete, dass Caroline sie an diesem Tag zu irgendwelchen gesellschaftlichen Anlässen begleitete.

Sie brauchte nicht noch einen weiteren Tag, an dem sie das gehässige Getuschel bei gesellschaftlichen Anlässen ertragen musste. Diejenigen, die darauf wetteten, ob sich die wilde Natur der ältesten Hastings-Tochter eines Tages in der jüngeren materialisieren würde.

Es hatte nicht lange gedauert, bis erst Bekannte und dann enttäuschenderweise auch Freunde begannen, ihre Gesellschaft zu meiden. Niemand wollte mit einer unverheirateten jungen Frau in Verbindung gebracht werden, die eine *gefallene* Schwester hatte.

Es war nicht das erste und, wie sie erwartete, auch nicht das letzte Mal, dass ihre Schwester ihr das Leben mehr als nur ein wenig schwer gemacht hätte.

Als sie das untere Ende der Treppe erreichte, die in den zweiten Stock des eleganten Stadthauses führte, klopfte es laut an der Haustür.

Caroline blieb stehen und wartete. Es war höchst ungewöhnlich, dass jemand so früh am Morgen einen Besuch abstattete, es sei denn, es handelte sich um eine sehr dringende Angelegenheit.

Ihr Herz sank, als sie den Besucher erblickte. Ewan Radley, der Duke of Strathmore. Er reichte dem Butler der Familie Hastings seinen Hut und seinen Gehstock.

Dies war der Mann, den Caroline geliebt hatte und von dem sie einst geglaubt hatte, dass sie ihn heiraten würde. Der Mann, den ihre Schwester ihr direkt vor der Nase weggeschnappt hatte.

Der Herzog war immer noch so gut aussehend wie beim ersten Mal, als Caroline ihn vor etwa fünf Jahren gesehen hatte. Sein dunkelbraunes Haar war von seinem Hut zerzaust. Ewan war kein Mann, der zur Eitelkeit neigte, und er machte keine Anstalten, seine Frisur unter Kontrolle zu bringen.

Während der Butler in den Frühstücksraum ging, um seinem Herrn von dem Besucher zu berichten, wartete Ewan im Foyer.

Caroline beschäftigte sich eingehend mit der Betrachtung des ehemaligen Verlobten ihrer Schwester. Der Mann, den sie lange aus der Ferne geliebt hatte.

Wärst du nur mein gewesen.

Sie beobachtete, wie er einen Fussel von seinem langen schwarzen Mantel zupfte. Er rollte ihn zwischen seinen langen Fingern. Finger, von denen sie einst geträumt hatte, sie würden ihre nackte Haut berühren. Sie streicheln und liebkosen, während Ewan ihr die Freuden des Fleisches in ihrem Ehebett beibrachte.

Er hätte ihr Ehemann sein sollen.

»Lady Caroline.«

Sie blinzelte den herzzerreißenden Traum weg und sammelte sich, bevor sie einen unsicheren Schritt auf ihn zu machte.

»Euer Gnaden, es ist schön, Sie zu sehen. Ich hoffe, dass es Ihnen gut geht?«

Ewan verbeugte sich anmutig, als Caroline seine Seite erreichte. Sie reichte ihm die Hand und bemühte sich, das Zittern zu unterdrücken, das sie immer zu übermannen drohte, wenn er in ihrer Nähe war.

»Mir geht es gut, danke der Nachfrage. Ich bin gekommen, um Ihren Vater zu sehen«, antwortete er.

Die Tür hinter ihr öffnete sich, und ihr Vater trat auf den Flur heraus.

»Strathmore. Ich nehme an, Sie haben einen Grund für Ihren Besuch zu dieser ungeselligen Stunde.«

Caroline schluckte einen Protest gegen das schroffe Verhalten ihres Vaters hinunter. Der Duke of Strathmore war für den Grafen einst ein helles Leuchtfeuer der Hoffnung gewesen. Jemand, der die rücksichtslose Lady Beatrice heiraten und zähmen würde. Es war schwer für ihn gewesen, diesen Verlust zu ertragen.

»Ich entschuldige mich für die ungewöhnliche Stunde meines Besuchs, Lord Hastings, aber ich habe Neuigkeiten, die nicht bis zu einer zivilisierteren Zeit warten konnten«, entgegnete Ewan.

Er blickte Caroline an.

»Lord Hastings, gibt es einen Ort, an dem wir beide die Dinge unter vier Augen besprechen können?«

Eine graue Blässe erschien auf dem Gesicht ihres Vaters. Er hielt seinen Blick auf Ewan gerichtet. Caroline ballte unterdessen ihre Hände zu Fäusten. Sie fürchtete sich vor dem Gedanken, was die bevorstehende Nachricht sein könnte. Und wie sie ihr ganzes Leben verändern könnte.

»Caroline, setz dich zu deiner Mutter.«

Kapitel Drei

ᴸord Hastings schloss die Tür seines Arbeitszimmers hinter sich und stand einen Moment lang mit dem Rücken zu Ewan, den Kopf gesenkt.

Als er sich schließlich umdrehte, war seine Haltung steif. Seine Schultern waren zurückgezogen, seine Wirbelsäule kerzengerade. Er sah aus wie ein Mann, der gleich ein Dutzend Peitschenhiebe erhalten würde.

Ewan wurde von Mitleid geplagt; Beatrice' Vater hatte die Nachricht, die ihm bevorstand, nicht verdient. Er zog einen Brief aus seiner Manteltasche.

»Ich habe dies heute Morgen erhalten. Der Brief ist von Lady Beatrice' Dienstmädchen, kam über Manchester.«

Lord Hastings sah auf das Papier in Ewans Hand, bevor er den Blick abwandte.

»Einen Moment, wenn es Ihnen nichts ausmacht, Strathmore. Lassen Sie mich die letzten Sekunden auskosten, bevor Sie meine schlimmsten Befürchtungen bestätigen. Solange Sie nicht gesprochen haben, habe ich noch zwei Töchter.«

Ewan schwieg und erinnerte sich daran, dass auch er nur etwa eine Stunde zuvor ein ähnliches Gefühl des Grauens verspürt hatte, als Hargreaves ihm den Brief übergab.

»Ist sie tot?«

Ihre Blicke begegneten sich erneut. Ewan nickte langsam.

Lord Hastings taumelte zum nächstgelegenen Stuhl und ließ sich darauf sinken. Er bedeckte seine Augen mit einer zitternden Hand und begann zu weinen. Ewan nahm auf dem Stuhl gegenüber Platz und wartete in aller Ruhe.

»Das wird der Tod meiner Frau sein. Sie hat es bisher nur geschafft, ihren Verstand zu bewahren, weil sie sich an die glühende Hoffnung klammerte, dass Beatrice zur Vernunft kommen und wieder durch unsere Haustür eintreten würde. Gott weiß, was jetzt aus meiner Familie wird«, sagte Lord Hastings.

Ewan entfaltete den Brief.

»Es gibt noch mehr, wenn Sie mich den ganzen Brief lesen lassen würden.«

»Bitte.«

Als Ewan schließlich geendet hatte, lehnte sich Lord Hastings in seinem Stuhl zurück. Er sah für die ganze Welt wie ein gebrochener und besiegter Mann aus.

»Ein Kind, sagen Sie?«, fragte er.

»Ja, ein Kind, bei dessen Geburt Beatrice vor etwa zwei Wochen gestorben ist. Der Schurke, mit dem sie weggelaufen ist, hat sie verlassen, als er entdeckte, dass sie schwanger ist«, antwortete Ewan.

»Aber warum? Wenn er sie geliebt hat, warum hat er sie dann im Stich gelassen? Das verstehe ich nicht.«

Dies war der Moment, den Ewan den ganzen Morgen über gefürchtet hatte. Seine Rolle beim Tod von Lady Beatrice Hastings.

»Weil das Kind von mir ist.«

Kapitel Vier

»Danke, dass Sie die lange Reise nach Manchester auf sich genommen haben, Caroline. Ich weiß, dass es schwer für Sie sein muss, da Sie gerade Ihre Schwester verloren haben.«

Caroline schenkte Ewan ein kontrolliertes Lächeln. Sie brachte es nicht übers Herz, ihm die Wahrheit zu sagen.

Dass sie versucht hatte, um ihre Schwester zu trauern. Sie hatte es sogar geschafft, eine oder zwei echte Tränen zu vergießen. Aber das war ihre Grenze gewesen. Jegliche schwesterliche Zuneigung zwischen den Hastings-Mädchen war bereits vor langer Zeit erloschen.

Das Beste, was sie tun konnte, war, den Schein zu wahren, ihren Eltern zuliebe. Ihre Mutter war damit beschäftigt, alle gesellschaftlich akzeptierten Konventionen des Trauerns zu befolgen.

Während sich Beatrice zu Lebzeiten strikt geweigert hatte, die Regeln der Gesellschaft zu befolgen, gab sich Lady Hastings große Mühe, dafür zu sorgen, dass sich ihre Tochter zumindest im Tod an die gesellschaftlichen Erwartungen halten würde.

Schwarze Vorhänge an den Fenstern und Schilfrohr, das auf der Straße vor ihrem Stadthaus in Mayfair ausgelegt war, um das Geräusch vorbeilaufender Pferdehufe zu dämpfen, gaben dem

Prozess der Trauer einen feierlichen Rahmen. Struktur und Regeln waren für Lady Hastings ein Trost. Die Familie hatte wenig anderes, woran sie sich festhalten konnte.

Lord Hastings war zu Stein geworden. In seinem eigenen Kummer gefangen, ging er einfach der Routine des Lebens nach.

»Mama hielt es für das Beste, dass ich komme. Ein weibliches Familienmitglied sollte anwesend sein, um dem Baby zu helfen«, sagte Caroline.

Ihre Mutter hatte Caroline vielmehr angewiesen, London auf absehbare Zeit zu verlassen. Dieser neue Skandal um ihre Schwester drohte jede Hoffnung der Hastings-Familie zu zerstören, Caroline in eine eigene gesellschaftliche Ehe zu verheiraten. Wenn sich erst einmal herumgesprochen hatte, dass es jetzt auch noch ein uneheliches Kind in dem ganzen Tumult gab, würden die Matronen der Gesellschaft ihre infrage kommenden Söhne sanft in Richtung anderer, weniger angeschlagener Mädchen lenken.

»Vergiss die Vorstellung, dieses Jahr noch mehr Zeit in London zu verbringen, meine Liebe. Fahr mit deinem Vater nach Manchester und zieh dich dann nach Hastings Hall zurück, bis er im nächsten Januar ins Oberhaus zurückkehren muss. Du und ich werden uns bis zum Beginn der Saison im Mai aus der Gesellschaft heraushalten.«

Erst wenn die Bälle und Partys der Saison wieder begannen, würde Caroline das wahre Ausmaß des Schadens an ihren ehelichen Aussichten erkennen. Aber je weniger sie in der Stadt gesehen wurde, desto weniger würde über sie gesprochen werden.

Sie rutschte auf dem harten Ledersitz des Reisewagens hin und her und versuchte, die Steifheit aus ihrem Rücken und ihren Schultern zu bekommen. Ein schlechtes Gewissen vergrößerte ihre Sorgen. Es war falsch, in einem solchen Moment an sich selbst zu denken. Beatrice, mit all ihren vielen Fehlern, war tot. Und irgendwo in einer Pension in einem der ärmeren Stadtteile von Manchester wartete nun ein mutterloses Kind auf jemanden, der es abholen wollte.

»Wir werden in Loughborough anhalten, um die Pferde zu wechseln. Sie werden spazieren gehen und frische Luft schnappen können«, sagte Ewan.

Wie er da auf seinem Sitz gegenübersaß und aus dem Fenster blickte, bemerkte Caroline eine Traurigkeit an ihm, die sie auf der langen Reise nach Norden vorher nicht bemerkt hatte. Bis zu diesem Moment hatte sie nicht versucht, sich vorzustellen, wie schwer diese schreckliche Wendung der Ereignisse für ihn sein könnte. Dass auch er leiden könnte.

Wir haben alle verloren.

Sie hatte einmal geglaubt, Ewans Gedanken zu kennen, aber diese törichte Vorstellung war zunichtegemacht worden, als er zu ihrem Entsetzen Beatrice ihr vorgezogen hatte.

Der Duke of Strathmore war für sie nur noch ein gut aussehender Fremder. Jemanden, den sie am besten zu vergessen versuchte. Nach dem Schmerz, den er ihr zugefügt hatte, lebte Caroline in der Angst, dass sich ihr Herz nie wieder völlig erholen würde. Wie sollte es auch, wenn es so grausam in Stücke gerissen wurde?

Ein unangenehmer Gedanke schlich sich leise in ihren Kopf. Was, wenn Ewan ihre Schwester wirklich geliebt hatte und sich nun mit der schrecklichen Wahrheit konfrontiert sah, dass seine Träume, Beatrice zurückzugewinnen, für immer vorbei waren? Die Mitglieder der Familie Hastings waren vielleicht nicht die Einzigen, die in den Tiefen der Trauer versanken.

Und jetzt bleiben ihm nur noch Erinnerungen und Bedauern.

Wenn das der Fall war, dann waren ihre eigenen Gefühle von geringer Bedeutung.

»Es tut mir leid, dass Sie Liebeskummer haben, Lord Strathmore, ich nehme an, dass dies eine sehr schwierige Zeit für Sie ist. Ich hoffe, Ihr Sohn kann Sie über den Verlust Ihrer geliebten Beatrice hinwegtrösten«, bot sie an.

Kaum waren die Worte über ihre Lippen gekommen, bereute sie sie schon. Ewan schaute zur anderen Seite der Kutsche, wo Lord Hastings neben Caroline fest schlief.

»Liebeskummer ist nicht vonnöten«, antwortete er. »Ich denke, so viel Ehrlichkeit können Sie und ich miteinander teilen, Lady Caroline. Ich ließ mich von Beatrice' Magie und ihren sexuellen Reizen blenden. Ich weiß jetzt, dass unsere Ehe eine Travestie gewesen wäre. Wenigstens hatte Ihre Schwester den Anstand, mich rechtzeitig für jemanden zu verlassen, den sie liebte. Sie hätte mich auch heiraten und mich dann zum Hahnrei machen können.«

Er schien gelassen, aber Caroline spürte die Bitterkeit in seinen Worten. Er war ein Narr gewesen, und sie hatten alle teuer dafür bezahlt.

Der Ruck, der beim Durchfahren eines Schlagloches durch die Kutsche ging, ließ Lord Hastings aufwachen. Er regte sich und setzte sich auf. »Ich muss eingeschlafen sein.«

Caroline und Ewan tauschten einen Blick gegenseitigen Verstehens aus. Das Gespräch war zu Ende.

Kapitel Fünf

Zwei Tage später erreichten sie Manchester am Vormittag. Als Ewan Caroline anbot, sie zu ihrem Hotel in der Nähe der Kathedrale zu bringen, lehnte sie dies rundheraus ab.

»Beatrice war meine Schwester, und deshalb bin ich die nächste lebende weibliche Verwandte dieses Kindes. Ich bin nicht den ganzen Weg hierhergekommen, um beiseitegeschoben zu werden, Euer Gnaden.«

Ihre Worte trafen Ewan wie ein Messer. Ob Caroline sie nun als Kritik an ihm gemeint hatte oder nicht, sie trafen ins Schwarze. Er hatte sie beiseitegeschoben und ihre Schwester gewählt. Wenn sie darüber verbittert war, hatte sie einen guten Grund.

Etwas mehr als ein Jahr zuvor hatten Caroline und er auf Bällen so oft miteinander getanzt, dass die Zuschauer kommentierten, was für ein hübsches Paar sie seien. Anschließend hatte er die gesamte Familie Hastings in seine Privatloge im Theatre Royal eingeladen und saß während der Oper neben Caroline. In der Londoner Gesellschaft hatten längst Gerüchte über eine bevorstehende Verlobungsanzeige kursiert.

Ich hätte auf den Verstand und die Vernunft hören sollen, aber ich war ein rücksichtsloser Narr.

Sobald Beatrice die volle Hitze ihrer fleischlichen Verlockung auf ihn gerichtet hatte, war Ewan verloren gewesen.

Caroline hatte allen Grund, sowohl Beatrice als auch ihn zu hassen. Ihre Schwester hatte gestohlen, was ihr von Rechts wegen hätte gehören müssen, und er hatte sich auf extreme Weise mitschuldig gemacht. Die darauf folgende Katastrophe hatte er selbst verschuldet.

Ewan beobachtete, wie Caroline aus der Kutsche stieg und in der kühlen Luft des Nordens ihre Röcke zurechtrückte, und sehnte sich danach, ihr zu sagen, wie sehr es ihm leidtat. Wie sehr er es bedauerte, dass er seine Lust über seine – ihre – Zukunft hatte bestimmen lassen.

Er hätte seinem Herzen folgen und Caroline heiraten sollen. Und jetzt würde sie nie erfahren, wie sehr er sie noch liebte.

»Das ist die Adresse?«

Er riss sich aus seinen Gedanken und blickte zu Lord Hastings, der auf eine schmale Gasse deutete, die von der Hauptstraße abzweigte.

»Ja, Nummer dreiundzwanzig«, antwortete Ewan.

Die Blackbird Lane Nummer dreiundzwanzig war ein schmales graues Steingebäude, das drei Stockwerke in die Höhe stieg. Die Fassade der Pension ragte wie betrunken ein paar Meter über die Straße hinaus. Ewan vermutete, dass das Haus etwa aus dem vierzehnten Jahrhundert stammte.

Die Gasse selbst stank nach einer magenverdrehenden Mischung aus Pferdemist, Urin und verrottenden toten Fischen. Er konnte sich keinen unglücklicheren Ort vorstellen, an dem Beatrice ihre letzten Tage hätte verbringen können. Je eher er ihr Kind zurückholte, desto besser.

Im dritten Stock der Pension blieben sie vor einer stark beschädigten Tür stehen. Ewan klopfte einmal. Dann zweimal.

Er wollte gerade zum dritten Mal klopfen, als sich die Tür öffnete und das Gesicht einer jungen Frau erschien. Sie sah von Ewan zu den Hastings.

»Gott sei Dank«, murmelte sie.

Alle drei Reisenden traten in das Zimmer der Pension. Abgesehen von einem kleinen Bett und einem Tisch mit zwei Stühlen gab es keine weiteren Möbel. Ein zerlumpter grüner Vorhang bedeckte das einzige Fenster. Kein Sonnenlicht wärmte den Raum. Alles wies daraufhin, dass dies ein Ort war, an dem die Hoffnung starb.

Ewan räusperte sich. »Ich bin der Duke of Strathmore. Ich nehme an, Sie sind Hannah. Wenn ja, bin ich wegen des Babys gekommen. Wo ist es?«

Die Augen des Mädchens wurden vor Angst groß. »Sprechen Sie bitte leise, Euer Gnaden. Ich habe es gerade erst geschafft, ihn zum Schlafen zu bringen.«

Sie zeigte auf ein kleines in ein goldenes Tuch eingewickeltes Bündel auf dem Bett.

»Das ist Beatrice' Lieblingsschal«, sagte Caroline und eilte an ihnen vorbei. Als sie das Bett erreichte, blieb sie stehen. Einen Moment lang verharrte sie stumm und starrte nur auf das Bündel. Dann bückte sie sich und hob es vorsichtig auf. Es gab ein Quietschen von sich, und das Dienstmädchen wimmerte.

Caroline wandte sich ihnen zu und hielt das Bündel hoch. Ewan erblickte zum ersten Mal seinen schlafenden Sohn.

All die Wut und der Groll, die in den vergangenen Monaten in ihm hochgekocht waren, verflüchtigten sich augenblicklich. Hier war ein wehrloses Kind. Ein Unschuldiger in dieser schmutzigen Katastrophe. Er war Vater und trug nun die Verantwortung für dieses Kind.

»Hannah, das haben Sie großartig gemacht«, sagte Caroline. »Wie können wir Ihnen jemals genug danken?«

Hannah brach in Tränen aus. Das schien Lord Hastings endlich aus seiner Benommenheit zu wecken, und er trat vor und legte tröstend einen Arm um die junge Frau.

»Es wird bald wieder gut, junge Hannah. Wir werden Sie und meinen Enkel in kürzester Zeit von diesem Ort weg- und sicher in Hastings Hall unterbringen«, sagte er.

Ewan hielt seinen Mund. Jetzt war nicht der richtige Zeitpunkt, um über die Zukunft des Kindes zu streiten. Caroline gurrte derweil leise mit dem Baby, das sie in ihren Armen hielt. Ihre natürlichen mütterlichen Instinkte waren offensichtlich.

»Hat seine Mutter ihm einen Namen gegeben?«, fragte Caroline.

Hannah schüttelte den Kopf.

»Nein. Lady Beatrice starb nicht lange nach der Geburt ihres Sohnes. Ich habe mir angewöhnt, ihn David zu nennen, weil er wie mein Cousin David aussieht.«

David. Schottland war von Königen namens David regiert worden. Der Junge mochte zwar außerehelich geboren worden sein, aber er war dennoch der Sohn eines schottischen Herzogs. Ewan war mit Hannahs Entscheidung einverstanden.

Es war nur recht und billig, dass die Frau, die den Jungen in den gefährlichen ersten Tagen seines Lebens begleitet hatte, diejenige war, die ihm den Namen gab.

»Dann ist er David Radley«, verkündete Ewan.

Kapitel Sechs

Die restliche Zeit ihres kurzen Aufenthalts in Manchester verbrachten sie damit, einen geeigneten Grabstein für Beatrice' nicht gekennzeichnetes Grab zu besorgen. Irgendwann in der Zukunft würde sie dann exhumiert und nach Hastings Hall in Kent gebracht werden, wo sie schließlich in der Familiengruft beigesetzt werden sollte.

Caroline und Hannah gingen in das örtliche Textilgeschäft und kauften einfache Babykleidung, Decken und ein warmes Reisetuch. Am Ende des Tages hatten sie die Pension verlassen und sich in einem komfortablen Hotel eingerichtet.

David weinte jedoch den ganzen Tag über und zerrte an Carolines Nerven. Hannah, so stellte sie fest, schien die Fähigkeit entwickelt zu haben, das ständige Weinen des Säuglings zu ignorieren.

Nachdem sie ins Hotel zurückgekehrt waren, gingen Caroline und Hannah in das Zimmer, das sie sich teilen sollten. Hannah bestellte in der Hotelküche ein Kännchen mit frischer Milch und einen Löffel.

»So musstest du ihn also die ganze Zeit füttern?«, fragte Caroline, als sie Hannah dabei zusah, wie sie geduldig versuchte, David etwas Milch einzuflößen.

Caroline wusste genug über Babys, um sich der Tatsache bewusst zu sein, dass Frauen ihrer Klasse oft die Dienste einer Amme in Anspruch nahmen. Aber Hannah hatte nichts von einer solchen Frau gesagt.

»Ja. Es braucht ein bisschen Zeit«, antwortete Hannah.

»Könntest du nicht eine einheimische Frau bitten, ihn zu füttern?«

»Ich hatte für die ersten Tage eine Amme, aber als sie herausfand, dass er unehelich geboren worden war, wollte sie mehr Geld. Mir wurde klar, dass mir das Geld sehr schnell ausgehen würde, also begann ich, Milch von einer Frau ein paar Straßen weiter zu holen, die eine Kuh in ihrem Garten hat. Seither bin ich auf die Flasche und den Löffel angewiesen. David scheint es zu mögen, aber es dauert sehr lange. Er schreit ständig, weil er Hunger hat. Ich bin sicher, dass er mit einer Amme viel besser gedeihen würde.«

Caroline nahm sich vor, sich die Dienste einer Amme zu sichern, sobald sie Hastings Hall erreichten.

Nun, da David gefunden und gerettet worden war, hatte Caroline Zeit gehabt, über die Ereignisse der vergangenen Wochen in Manchester nachzudenken. Beatrice war seit fast einem Monat tot, und Hannah hatte Ewan erst jetzt geschrieben und ihm von der Geburt seines Sohnes erzählt.

Das ergab keinen Sinn.

Nachdem David in dem Korb, den sie am Nachmittag gekauft hatte, eingeschlafen war, beschloss Caroline, dass es an der Zeit war, Hannah zur Rede zu stellen.

»Komm, setzen wir uns, wir sollten reden.«

Hannah nickte. So, wie sie auf der Kante des Stuhls saß, war es offensichtlich, dass sie auf diesen Moment gewartet hatte. Sie erzählte die ganze Geschichte, wie Beatrice aus London geflohen war, um einen Marineoffizier wiederzufinden, den sie heiraten wollte.

»Er sagte ihr, sie solle zurück zu Lord Strathmore gehen und ihn heiraten. Als sie Nein sagte, sagte er ihr, sie solle das Baby zur Welt bringen und es anschließend weggeben. Erst dann würde er sie holen.« Sie begann zu weinen. »Lady Beatrice war so wütend. Sie wollte das Baby loswerden, also nahm sie Gift, um es zu töten. Aber es hat sie sehr krank gemacht.«

Ein Schauder lief Caroline über den Rücken. Beatrice hatte versucht, ihr eigenes Kind zu töten, anstatt zu Ewan zurückzukehren und ihn zu heiraten. Sie streckte die Hand aus und nahm Hannahs Finger.

»Was ist dann passiert?«

»Als der Offizier entdeckte, was sie getan hatte, nannte er sie eine böse, böse Frau. Er sagte, er würde sie niemals heiraten. Wir haben ihn nie wieder gesehen.«

Hannah ging zu Beatrice' Reisekoffer, den sie aus der Pension mitgenommen hatten, und öffnete ihn. Sie kehrte zu Caroline zurück und hielt einen Brief in der Hand.

»Sie schrieb dies eine Woche vor ihrem Tod. Sie sagte, ich solle den Brief an Lord Hastings schicken, falls ihr etwas zustieße. Ich musste versprechen, das Kind in ein Findelhaus zu bringen, wenn sie die Geburt nicht überleben sollte. Ich habe David sogar bis zur Haustür gebracht, aber ich konnte es nicht. Das war nicht richtig. Ich wusste nicht, was ich tun sollte, ich war hin- und hergerissen. Doch schließlich schrieb ich an Lord Strathmore. Ich dachte mir, wenn er David nicht will, dann bringe ich ihn zu Ihrem Vater.«

Caroline nahm den Brief und steckte ihn ungeöffnet in ihre Reisetasche. David war jetzt viel wichtiger. Der Brief von Beatrice konnte warten.

»Warum hast du nicht einfach alles gepackt und David nach London gebracht? Mein Vater hätte euch beide aufgenommen.«

Hannah griff in ihre Rocktasche und zog eine Handvoll Münzen heraus.

»Mit dem Geld, das ich für Lady Beatrice' Beerdigung ausgeben musste, hatte ich nicht einmal genug, um eine Kutschfahrkarte zurück nach London zu kaufen.«

Carolines Herz wurde schwer. Das arme Mädchen hatte kaum noch Mittel, um sich und David zu ernähren.

»Ich habe überlegt, ob ich die restlichen Sachen von Lady Beatrice verkaufen soll, aber es gibt nicht viel, was ich verkaufen könnte, ohne Gefahr zu laufen, verhaftet zu werden. Ihre Schwester hat in den letzten Monaten die meisten ihrer Kleider und schönen Sachen verkauft.«

Caroline erhob sich von ihrem Platz und ging zum Reisekoffer ihrer Schwester. Es gab ein paar einzelne Kleidungsstücke, aber Beatrice' feine Kleider und Seidenpantoffeln waren verschwunden.

Am Boden des Koffers entdeckte sie eine vertraute blaue Samtschachtel. Mit rasendem Herzen öffnete sie das Kästchen.

Darin befand sich das geliebte Familienerbstück, das jemals wiederzusehen sie nicht mehr gehofft hatte. Das Diadem der Familie Hastings aus Perlen und Gold glitzerte im Licht, als sie es aus der Schachtel hob. Beatrice hatte bis zum Schluss durchgehalten und das unbezahlbare Schmuckstück nicht verkauft.

Hannah hatte recht daran getan, das Diadem nicht zu verkaufen. Ein Dienstmädchen, das im Besitz eines solchen Gegenstandes angetroffen wurde, würde wahrscheinlich wegen Diebstahls angeklagt und für dieses Verbrechen gehängt werden.

Caroline ergriff Hannahs Hand.

»Du hast so viel für unsere Familie getan. Ich verspreche dir, dass wir uns von diesem Tag an um alle deine Bedürfnisse kümmern werden.«

Kapitel Sieben

»Achten Sie darauf, dass er fest in seine Decke eingewickelt ist und seine Füße gut zugedeckt sind. Er mag es nicht, wenn seine Zehen kalt werden«, sagte Caroline.

Sie beugte sich vor und drückte David einen zärtlichen Kuss auf die Stirn, bevor sie ihn an das Kindermädchen übergab, das Ewan besorgt hatte.

Die Frau stieß ein angewidertes Schnauben aus.

»Das ist nicht das erste Baby, auf das ich aufpasse. Meiner Meinung nach sind sie alle gleich. Behandeln Sie sie mit fester Hand, und sie werden bald lernen, wer das Sagen hat.«

Mit David auf dem Arm kletterte das Kindermädchen in die Reisekutsche derer von Strathmore und schloss die Tür hinter sich.

Neben ihrem Vater stehend, beobachtete Caroline, wie die verschiedenen Koffer und Kisten auf das Dach der Kutsche geladen wurden. Sie war zwar körperlich anwesend, aber sie hatte das Gefühl, die Dinge aus großer Entfernung zu beobachten. Lord Hastings hielt ihren Arm fest, aber sie spürte nichts. Die erwarteten Tränen blieben aus.

Sie war wie betäubt.

Während sie Pläne und Vorbereitungen getroffen hatte, um

David nach Hastings Hall zu bringen, hatten ihr Vater und Ewan eine andere Vorgehensweise beschlossen. Ewan würde sich das volle elterliche Sorgerecht für seinen Sohn bestätigen lassen und ihn mit nach Schottland nehmen.

David Radley, wie er genannt werden sollte, würde von seinem Vater zusammen mit allen anderen Kindern, die Ewan Radley in Zukunft zeugen würde, aufgezogen werden. Obwohl er nie der Erbe seines Vaters sein würde, würde David in den Genuss aller Vorteile eines Herzogssohns kommen.

Carolines Pläne, Davids Ersatzmutter zu werden, wurden über den Haufen geworfen.

Bald würden Ewan und die letzte lebende Spur ihrer Schwester verschwunden sein. Die Angst sprach zu ihrem Herzen, dass es lange dauern würde, bis sie Ewan oder David wiedersehen würde.

Ewan trat aus der Eingangstür des Hotels. Er rieb seine Hände aneinander und murmelte etwas Unverständliches vor sich hin. Caroline wusste genug, um zu spüren, dass Ewan in einer besorgten Stimmung war. Sie konnte es ihm nicht verübeln. Er war im Begriff, die Reise der Vaterschaft, ohne den Nutzen einer Ehefrau anzutreten.

In den vergangenen gemeinsamen Tagen waren wieder Gefühle in ihr erwacht. Eine Sehnsucht nach Ewan, von der sie sich selbst überzeugt hatte, dass sie tief in der Vergangenheit vergraben lag.

Die Art, wie er sich bewegte, seine Art zu sprechen. Er zog ihre Aufmerksamkeit auf sich wie ein facettenreicher Edelstein, der in der Sonne glitzerte. Eine strahlende Vollkommenheit, die sie mit ihrem ganzen Wesen begehrte.

Er wird nie dein sein, du musst ihn vergessen.

»Strathmore, alles bereit?«, fragte ihr Vater.

Ewan marschierte zu Lord Hastings und Caroline herüber. Er reichte dem Grafen die Hand.

»Ich danke Ihnen für alles, was Sie für mich getan haben. Ich kann Ihnen gar nicht sagen, wie sehr ich das zu schätzen weiß.

Ich weiß, dass dies eine schwierige Zeit für Sie und Ihre Familie ist, und ich bewundere Sie dafür, dass Sie Ihre Trauer auf später verschoben haben, um bei der sicheren Rückführung meines Sohnes zu helfen. Ich werde Ihre Freundlichkeit nicht vergessen. Auch nicht die Ihre, Lady Caroline.«

Er reichte ihr die Hand. Einen Moment lang starrte Caroline nur auf Ewans ausgestreckte Hand, unfähig, ihre eigene anzubieten.

Nimm sie. Sagt Lebewohl, und dann soll das alles ein Ende haben.

»Viel Glück, Euer Gnaden. Ich hoffe, Sie haben eine gute Heimreise«, sagte sie und reichte ihm ihre behandschuhte Hand.

In den überfüllten Straßen von Manchester hatte Caroline keine Möglichkeit, Ewan mehr als einen Handschlag anzubieten, und dafür war sie dankbar. Die Versuchung, mit ihren Fingern über seine weichen, einladenden Lippen zu streichen, war groß.

Sie zwang sich, ihre Hand wegzuziehen. Ewan tippte sich an die Hutkrempe, drehte sich um und kletterte in die Kutsche.

Caroline trat zurück und sah zu, wie sich die Tür, die mit dem Strathmore-Familienwappen, einem tänzelnden Pferd über drei vierzackigen Sternen, verziert war, hinter ihm schloss.

Der Kutscher schnippte mit der Peitsche über die Pferderücken, und die Kutsche fuhr vom Straßenrand weg. Innerhalb weniger Minuten war das Gefährt um die Ecke gebogen und aus dem Blickfeld verschwunden.

Caroline schloss die Augen und biss die Zähne zusammen.

Er war weg.

Lord Hastings drückte ihre Hand. »Komm, meine Liebe, es wird Zeit, dass wir unsere Sachen packen und die Heimreise nach Kent antreten, hier gibt es nichts mehr für uns.«

Kaum waren sie zurück in ihrem Hotelzimmer, klopfte es laut an der Tür. Sobald Lord Hastings die Tür öffnete, schritt Ewan herein. In seinen Armen hielt er einen weinenden David. Vater und Sohn waren beide rot vor Wut.

»Was?«, stammelte Caroline.

Ewan drückte David in ihre Arme.

»Die Amme hat ihn sofort geohrfeigt, als er anfing zu jammern. Als sie ein zweites Mal versuchte, ihn zu schlagen, packte ich sie fest an der Kehle. Es versteht sich von selbst, dass ihr Arbeitsverhältnis gekündigt worden ist.«

Caroline begann, im Zimmer auf und ab zu gehen. Sie klopfte David auf den Rücken, um den beleidigten Säugling zu beruhigen.

Nach einer gefühlten Ewigkeit beruhigte sich Davids Empörungsgeschrei schließlich und ging in ein jämmerliches Schluchzen über. Caroline gurrte sanft in sein Ohr, und seine Tränen versiegten.

Ewan stand unterdessen mit seinen Handschuhen in den Händen da und schlug sie hart auf die Seite seines Beins, wobei er seinen Blick nicht von ihr ließ.

»Lady Caroline muss mich nach Schottland begleiten.«

»Ja«, sagte Caroline.

Sie wartete nicht auf den Protest ihres Vaters, sondern entschied sich sofort. Lord Hastings konnte alle Argumente gegen ihre Reise ohne Begleitung nach Schottland vorbringen, aber sie war fest entschlossen.

»Was ist mit deinem Ruf? Wenn die Londoner Gesellschaft herausfindet, wohin du gegangen bist und warum, wirst du für immer ruiniert sein«, wandte ihr Vater ein.

Sie kam an seine Seite. David lag ruhig und zufrieden in ihren Armen.

»Niemand muss es je erfahren. Wir haben London heimlich verlassen. Wenn jemand fragt, kannst du ihm sagen, dass ich in Hastings Hall trauere. Außerdem werde ich nicht so lange weg sein. Ich muss nur dafür sorgen, dass David sich in seinem neuen Zuhause einlebt, und dann werde ich zu dir und Mama nach Kent kommen.«

Zu ihrer Erleichterung griff Ewan das Thema auf.

»Meine Mutter und Tante Maude wohnen auf Schloss Strathmore. Ich bin sicher, sobald sie David unter ihre Fittiche genommen haben, wird Lady Caroline nach Hause zurückkehren können. Es wird sich höchstens um einige Wochen handeln. Bitte, Lord Hastings«, fügte er hinzu.

Das Flehen in seiner Stimme überraschte Caroline. Ewan war normalerweise ein Mann, der seine Gefühle unter Kontrolle hatte, zumindest nach außen hin. Ihn anders zu sehen, ließ sie innehalten.

Ihr Vater griff nach unten und fuhr mit den Fingerspitzen durch die dunklen Haare auf Davids Kopf. Es war genau der gleiche Farbton wie der von Beatrice. Als er seine Hand zurückzog, zitterte sie.

»Das widerspricht all meinem gesunden Menschenverstand. Aber da Sie beide eindeutig auf diesen Kurs eingeschworen sind, bezweifle ich, dass es etwas gibt, was ich in diesem Moment sagen könnte, um einen von Ihnen umzustimmen. Das Wohlergehen meines Enkels steht hier an erster Stelle, und als solches werde ich Ihrer Bitte nachkommen. Aber Caroline soll inkognito reisen, und sie muss das Dienstmädchen Hannah mitnehmen.«

Ewans Hände fielen an seine Seiten. Seine Körperhaltung entspannte sich vor Erleichterung.

»Einverstanden. Ich danke Ihnen, Lord Hastings. Ich verspreche, dass ich alles in meiner Macht Stehende tun werde, um Lady Caroline und ihren Ruf zu schützen. Das Letzte, was ich möchte, wäre, Ihrer Familie noch mehr Kummer zu bereiten«.

Etwas mehr als eine Stunde später stieg Ewan mit Caroline, David und dem Hausmädchen Hannah in seine Kutsche. Ewan lehnte sich in seinem Sitz zurück und sah aus dem Fenster. Er wagte es nicht, jemandem in die Augen zu sehen, bis sie die Stadt hinter sich gelassen hatten.

Es war ein kühner Schachzug gewesen, und er war immer noch überrascht, dass es ihm gelungen war, ihn durchzuziehen. Der Schock, als er gesehen hatte, wie das Kindermädchen seinen kleinen Sohn schlug, hatte ihn zum Handeln veranlasst. Entgegen aller Hoffnung hatte er sowohl seinen Sohn als auch Lady Caroline an Bord der Kutsche, und sie waren nun auf dem Weg nach Strathmore Castle in Schottland.

Der Umfang seines Plans reichte zu diesem Zeitpunkt nicht viel weiter, er wusste nur, dass er Caroline bei sich haben musste. Mehr nicht.

Erst als die Kutsche endlich auf die Great North Road einbog, konnte sich Ewan entspannen. Als sich die Köpfe der Pferde nach Norden, in Richtung Schottland, wandten, begann er, einen genaueren Plan zu entwerfen.

Eine Möglichkeit, Caroline zu behalten.

Kapitel Acht

Zum Glück für die Reisegruppe verbrachte David einen großen Teil der fünftägigen Reise nach Schottland im Tiefschlaf. Wenn Caroline, Hannah und gelegentlich Ewan ihn im Arm hielten, war er zufrieden. Zum Leidwesen von Caroline kam David nur selten bei den anderen gänzlich zur Ruhe, sodass sie den größten Teil der Arbeit übernehmen musste.

Sie lernte schnell zu verstehen und einzuschätzen, welchen Tribut eine Frau als frischgebackene Mutter zu leisten hat. Obwohl ihr die neun Monate der Schwangerschaft und die anschließende Geburt erspart geblieben waren, war sie am Ende des Tages trotzdem erschöpft. Wie Frauen von den Geburtswehen aufstehen und sich sofort um eine Familie kümmern konnten, war für sie unbegreiflich. Eine gute Nachtruhe auf Schloss Strathmore stand ganz oben auf ihrer Liste für das Ende der Reise.

Einige Stunden außerhalb von Falkirk, Schottland, verließ der Reisewagen die Great North Road und bog auf eine Nebenstraße ab. Ewan nahm der dankbaren Caroline den schlafenden David ab und schloss seinen kleinen Sohn in die Arme.

»Schlafen Sie ein wenig, wir werden vor Einbruch der Nacht im Schloss sein. Sie sollten einigermaßen ausgeruht sein, wenn

Sie meine Mutter und Tante Maude kennenlernen. Ich gehe davon aus, dass sie ein oder zwei Fragen an uns beide haben werden«, sagte er.

Caroline nahm sein Angebot ohne Zögern an. Sie war erschöpft bis auf die Knochen, und nach fünf langen Tagen in der Kutsche war ihr Rücken steif und schmerzte. Sie zog ihre Wolldecke um die Schultern und schloss die Augen. Sie würde sich mit der Herzoginwitwe von Strathmore und Tante Maude auseinandersetzen, wenn die Zeit reif war.

Einige Stunden später erwachte sie und sah, wie Ewan seinen kleinen Sohn an das Fenster der Kutsche hielt.

»Da ist es, mein kleiner Junge. Unser Zuhause.«

Caroline setzte sich in ihrem Sitz auf und presste ihr Gesicht an die Scheibe.

Aus dem Fenster der Kutsche erhaschte sie einen ersten Blick auf Strathmore Castle. Ein hoch aufragendes Bauwerk aus der normannischen Zeit ragte über die Landschaft und das darunter liegende Dorf. Es war nicht das elegante Schloss im gotischen Stil im Süden von England, das Caroline gut kannte. Vielmehr war dieses schwere steinerne Ungetüm gebaut worden, um dem Angriff einer großen Armee standzuhalten. Seine dicken Mauern schienen fast undurchdringlich.

»Es ist imposant«, murmelte sie.

Ewan sah zu ihr herüber und lächelte.

»Wurde nie eingenommen. Es hat über fünfhundert Jahre lang unzähligen Angriffen und Belagerungen standgehalten.« Der Stolz in seiner Stimme über die Errungenschaft seiner Familie war offensichtlich.

Sie sah David an, der mit seinen zarten Händen den kleinen Finger seines Vaters umklammerte. Traurigkeit durchdrang ihr Herz. David Radley würde niemals das Schloss seines Vaters und seiner Vorfahren besitzen. Er würde für immer nur eine Fußnote in der langen Geschichte des Schlosses sein.

Ein außerehelich geborener Sohn, der weder Titel noch Schloss erben konnte. Sie konnte nur hoffen, dass Ewan Radley alles in seiner Macht Stehende tun würde, um seinem Erstgeborenen alle Vorteile zukommen zu lassen, die ihm zustehen sollten. Als Sohn eines Herzogs und Enkel eines Grafen würde David Radley trotzdem als Bastard verschrien werden, und nichts konnte diese Tatsache ändern.

Nachdem der Wagen das kleine Dorf im Schatten von Schloss Strathmore durchquert hatte, fuhr er über die schwere hölzerne Zugbrücke des Schlosses und durch das Eingangstor. Die Kutsche fuhr in den Hof und hielt vor der Haupttreppe des Bergfrieds an.

Schnell wurden sie von einer Gruppe von Bediensteten umringt. Caroline wollte sich von ihrem Platz erheben, aber Ewan hielt sie mit einer Handbewegung auf.

»Warten Sie«, sagte er.

»Der Verteidiger von Strathmore ist zurück!«, riefen die versammelten Schlossbediensteten. Ewan lächelte und öffnete die Tür. Ein Chor von Jubel und Beifall brach im Schlosshof aus.

Er kletterte aus der Kutsche und verschwand in der Schar der Gratulanten.

Hannah setzte sich neben Caroline, klatschte in die Hände und lachte. »Was für ein Willkommen zu Hause!«

Caroline nahm die Stimmung auf und strahlte. So etwas hatte sie noch nie gesehen. Kein Wunder, dass die Festung all die Jahre standgehalten hatte. Die Männer und Frauen des Schlosses liebten ihren Herrn wirklich.

Ewan kehrte bald zurück. »Kommen Sie«, sagte er. Er reichte Caroline die Hand und half ihr vom Wagen hinunter.

Beim Anblick von Caroline ging ein kollektives Aufkeuchen durch die Menge. Ein Diener in der Nähe verbeugte sich tief, als sie an ihm vorbeiging. Aus den Augenwinkeln sah sie, wie Ewan den Kopf schüttelte. Er hob die Hand mit einer Geste, die sie als *noch nicht* verstand.

Eine heiße Röte stieg ihr in die Wangen. Sie war es nicht gewohnt, im Mittelpunkt der Aufmerksamkeit zu stehen, geschweige denn, dass sich Massen von jubelnden Menschen um sie scharten. Sie suchte eindringlich nach Ewan.

Sie war darauf bedacht, ihm David aus den Armen zu reißen, damit Ewan seinen Verwalter und sein Personal angemessen begrüßen konnte. Sie machte sich Sorgen um das Baby inmitten der wogenden Menge.

Ihre suchenden Augen fanden ihn, und sie hielt sofort inne.

Er kniete auf der untersten Stufe am Fuße des Burgfrieds. Seinen Sohn hielt er in einem fast feudalen Bittgesuch in die Höhe. Sie stellte sich einen Ritter vor, der vor seinem König kniete und sein Schwert hielt. Es war, als ob ein mittelalterliches Tableau vor ihr aufgebaut worden wäre.

Auf der dritten Stufe stand Lady Alison, die verwitwete Herzogin von Strathmore, die Hände ineinander verschränkt. Caroline hatte sie im Laufe der Jahre mehrmals getroffen, zuletzt im Strathmore House in London, als die Verlobung von Beatrice und Ewan bekannt gegeben worden war.

Lady Alison hatte einen furchterregenden Ruf als eine Frau, die Dummheiten nicht gern duldete. Von dort, wo sie stand, konnte Caroline sehen, dass Ewan mit seiner Mutter sprach. Zweifellos informierte er sie über das Schicksal von Beatrice. Und er teilte ihr auch mit, dass sie jetzt Großmutter sei.

Die Herzoginwitwe trug ein schlichtes blaues Kleid, über ihre Schultern hatte sie einen Schal aus Strathmore-Schottenkaro gelegt, um den kalten Wind abzuhalten. Ihr Blick war fest auf den Säugling gerichtet, der vor ihr in die Höhe gehalten wurde.

Einige Schritte rechts von ihr stand eine schwarz gekleidete Frau mittleren Alters mit einer karierten Schärpe über der Brust. Caroline vermutete, dass sie Tante Maude sein musste.

Lady Alison trat vor und nahm David liebevoll in ihre Arme. Doch in dem Moment, in dem sie ihn ergriff, stieß David einen lauten Schrei aus.

Das ritterliche Tableau zerbrach, als Ewan schnell auf die Beine kam. Caroline machte sich auf den Weg, aber bevor sie die

Stufen erreichen konnte, nahm Tante Maude David aus den Händen seiner Großmutter und legte ihn über ihre Schulter.

Das Weinen hörte sofort auf.

»Maude, du zauberst wieder, wie ich sehe«, sagte Lady Alison. Sie ließ David bei seiner Großtante zurück und kam zu Caroline.

Sie gab Caroline einen zärtlichen Kuss auf die Wange. »Ewan hat mich darüber informiert, was mit Lady Beatrice geschehen ist. Mein herzliches Beileid für Ihren Verlust, meine Liebe. Sie sind ein willkommener Gast hier im Schloss.«

»Ich danke Ihnen. Dies ist ein ungeplanter Besuch. Ewan bat mich, mitzukommen, um zu gewährleisten, dass David sicher im Haus seines Vaters eintrifft. Mein Vater hat meinem Kommen zugestimmt.«

Lady Alison hob eine Augenbraue.

»Ja, natürlich. Kommen Sie herein, wir werden sofort ein Zimmer für Sie vorbereiten lassen.«

Kapitel Neun

Das unvermeidliche Gespräch ließ sich nicht umgehen, und so suchte Ewan seine Mutter auf, sobald er wusste, dass Caroline in ihrem Zimmer untergebracht worden war.

»Wo soll ich anfangen?«, fragte Ewan, als er seinen Kopf durch die Tür zum Wohnzimmer seiner Mutter steckte. Die Herzoginwitwe von Strathmore war allein.

Lady Alison erhob sich von ihrem Stuhl, ging zu ihrem Sohn und schloss ihn in einer langen mütterlichen Umarmung ein.

»Maude ist auf der Suche nach einer Amme ins Dorf gegangen. In der Zwischenzeit hat das Dienstmädchen Hannah gesagt, dass sie mit Kuhmilch auskommen können.«

Tante Maude war nach wie vor die erste und letzte Bastion des Pragmatismus. Immer dachte sie an die praktische Seite der Dinge. Sie hatte nichts übrig für schicke Kleidung oder exotisches Essen. Für Maude konnte die Geschichte von David, und wie er nach Strathmore Castle gekommen war, warten. Das Baby musste gefüttert werden.

»Die arme Beatrice. Unabhängig von ihren Fehlern hatte sie ein so schreckliches Ende nicht verdient«, sagte Lady Alison.

»Nein. Wir alle machen Fehler, sie hat ihre leider mit dem Leben bezahlt.«

»Apropos Fehler. Warum ist Lady Caroline hier? Und warum zum Teufel hat Lord Hastings sie nur in Begleitung eines Dienstmädchens mit dir zusammen hierherreisen lassen. Du hast bereits eine seiner Töchter ruiniert, und doch hat er die zweite bereitwillig geopfert. Ist der Mann verrückt geworden?«

Ewan überlegte sich seine Antwort. Der klare und offensichtliche Grund musste sein, dass sich David bei seiner Tante wohlfühlte, und Ewans Verstand hätte die Reise nach Schottland nicht überlebt, wenn er gezwungen gewesen wäre, die Kutsche mit einem schreienden Säugling zu teilen.

Der andere mögliche Grund, warum er Caroline mitgenommen hatte, war ihm noch nicht völlig klar. War Caroline die Richtige für ihn, und konnte sie den Hunger nach einer leidenschaftlichen und liebevollen Verbindung stillen, den er tief in seiner Seele fühlte?

Selbst wenn sie es war, war er sich nicht ganz sicher, ob er die Macht hatte, sowohl die gegenwärtigen Umstände als auch seine früheren Fehler zu überwinden, um sie zu seiner Herzogin zu machen.

Könnte sie jemals einen Weg finden, mir zu vergeben? Ich muss es versuchen.

»David wurde unruhig, sobald er von ihr weg war. Lord Hastings hat Caroline erlaubt, uns heimlich nach Schottland zu begleiten«, antwortete Ewan.

Lady Alison runzelte die Stirn. Sie wussten beide, dass es für eine unverheiratete Frau von Carolines Rang ein Skandal war, mit einem Mann zusammen zu sein, der nicht aus ihrer Familie stammte, und dass sie damit Klatsch und Tratsch der schlimmsten Art provozierte. Wenn die Londoner Gesellschaft wüsste, dass sie mit Ewan nach Schottland gereist war, wären ihre Chancen auf eine passende Partie gleich null.

»Wir haben dafür gesorgt, dass sie auf dem Weg hierher niemand gesehen hat. Sie und ihr Dienstmädchen achteten stets darauf, dass die Kapuzen ihrer Mäntel ihre Gesichter verdeckten, wenn wir in den Gasthöfen auf dem Weg ankamen. Keiner weiß, dass sie hier ist.«

Lady Alison schnaubte. »Ich weiß, dass sie hier ist, und Maude weiß es auch. Ich glaube, du hast nicht alle Konsequenzen durchdacht, wenn Caroline unter deinem Dach ist, mein Junge.«

Die Missbilligung seiner Mutter schmerzte mehr, als sie sollte. Sie hatte recht. Wieder einmal war er losgezogen und hatte etwas getan, ohne es zu durchdenken. Seine ungestüme Art hatte ihn überhaupt erst in diese Situation gebracht, und was er jetzt tat, würde sie wahrscheinlich nur noch verschlimmern.

»Sobald die Dinge hier geregelt sind und David sich an sein Zuhause gewöhnt hat, werde ich geeignete Vorkehrungen treffen, um sie nach Kent zu schicken«, entgegnete er.

Lady Alison ergriff seine Hand. »Darf ich dir einen mütterlichen Rat geben?«

»Ich bitte darum.« Er wusste, dass er keine andere Wahl hatte, als zuzuhören.

»Denk gut darüber nach, warum du Caroline wirklich mit nach Schottland genommen hast. Du musst endlich einmal in dich gehen, und ich erwarte, dass du zu Kreuze kriechen wirst. Ich denke, mit der Zeit wirst du feststellen, dass die Wahrheit mehr ist als ein weinendes Kleinkind. Und ich kann nur hoffen, dass du es diesmal nicht mit ihr vermasselst.«

»Sie ist hier, und das ist ein guter Anfang. Was den Rest betrifft, so werde ich sehr vorsichtig sein. Eine zweite Chance bekommt man im Leben nicht so oft«, erwiderte er.

Und wenn er durch ein Wunder eine weitere Gelegenheit bekäme, Carolines Herz zu gewinnen, würde er sie nicht verpassen. Diesmal nicht.

Kapitel Zehn

Strathmore Castle war der perfekte Ort für David. Schottland war weit genug von den neugierigen Augen der Londoner Gesellschaft entfernt, sodass Ewan Zeit mit seinem Sohn verbringen und Pläne für die Zukunft schmieden konnte.

Dank der Milch einer gesunden Amme nahm David bald an Gewicht zu, und zur Erleichterung aller Beteiligten begann er, die Nacht durchzuschlafen.

Caroline, die es auf sich genommen hatte, seine Hauptbezugsperson zu sein, war über diese unerwartete Entwicklung sehr erfreut. Sie hatte fest damit gerechnet, dass sie innerhalb weniger Tage, nachdem sie seine Pflege übernommen hatte, wie Hannah aussehen würde. Hannah wiederum warf Caroline einen leicht angewiderten Blick zu, als sie eines Morgens auf der Treppe auf Caroline und David traf.

»Lady Caroline, Sie sehen gut aus, als ob Sie ausgeruht wären«, bemerkte Hannah.

Caroline strahlte. »Ja. David scheint sich sehr wohl bei mir zu fühlen. Letzte Nacht ist er nicht einmal zu seiner Elf-Uhr-Fütterung aufgewacht.«

Es war wunderbar, sich gebraucht zu fühlen. Einen Sinn in

ihrem Leben zu haben. Caroline kam schnell auf den Geschmack, was Mutterschaft betraf.

David gehörte zur Familie und damit zu ihrer Verantwortung. Sie war fest entschlossen, es zu schaffen. Tausende anderer Frauen taten das jeden Tag, und sie würde es ebenfalls tun.

Caroline genoss es, das Baby in ihren Armen zu halten. Sein neugeborener Geruch war berauschend. Sie fuhr mit den Fingerspitzen über das dunkle Haarbüschel auf seinem Kopf.

»Du bist perfekt, mein kleiner Mann.«

»Guten Morgen.«

Ewan steckte seinen Kopf in das Kinderzimmer und lächelte, als er sah, wie Caroline David in ihren Armen wiegte und sanft mit ihm kuschelte.

Caroline ging zu ihm und reichte ihm seinen Sohn. »Stützen Sie seinen Kopf, indem Sie ihn so halten«, wies sie ihn an.

Er betrachtete ihr Gesicht. Sie strahlte förmlich vor Glück. Ein Blick, den er das letzte Mal an dem Abend, an dem er mit ihr in die Oper gegangen war, auf ihrem Gesicht gesehen hatte. Den letzten Abend, den sie als mögliches Paar miteinander verbracht hatten.

Du hast eine gute Frau für das Versprechen von zügellosem Sex weggeworfen. Gib es zu, Ewan Radley, du hast dich wie ein egoistischer Schuft verhalten. Und es hat dich alles gekostet.

»Er sieht aus, als hätte er zugenommen«, sagte er und versuchte, sich auf seinen Sohn zu konzentrieren, statt auf seine schweren Schuldgefühle.

»Ich glaube schon. Seine Amme sagt, dass es ihr schwerfällt, mit seinen Fütterungswünschen Schritt zu halten. Bei diesem Tempo wird er wohl feste Nahrung zu sich nehmen, bevor er viel älter ist. Irgendetwas sagt mir, dass er ein strammer Bursche und ein stattlicher Mann sein wird, genau wie sein Vater«, entgegnete sie.

Eine peinliche Stille senkte sich über den Raum.

Ewan sah zu David hinunter, während Caroline mit dem Peridot-Geburtssteinring an ihrem Finger herumspielte.

»Meine Mutter drängt mich, ein Kindermädchen für David zu engagieren. Nicht, dass Sie keine hervorragende Arbeit leisten würden, aber sie ist der festen Überzeugung, dass eine junge Dame Ihres Standes nicht die Arbeit eines Dienstmädchens übernehmen sollte. Da ich keine Erfahrung in der Kindererziehung habe, muss ich auf ihren Rat hören und ihn akzeptieren. In der Zwischenzeit wird Hannah einen Teil der Aufgaben des Kindermädchens übernehmen. Das wird Ihnen die Möglichkeit geben, zumindest für einen Teil des Tages aus diesem Raum herauszukommen«, sagte er.

»Oh. Ich verstehe.« Enttäuschung schwang in ihren Worten mit, aber Ewan machte weiter.

»Ich würde Ihnen gerne das Schlossgelände und den Strathmore Mountain zeigen. Außerdem hatten wir beide noch keine Gelegenheit, miteinander zu reden, seit das alles angefangen hat. Ich denke, Sie werden mir zustimmen, dass wir viel zu besprechen haben.«

Carolines Gesicht hellte sich bei diesem Angebot auf, und Ewan fasste Mut. Wenn sie sich wenigstens wieder so weit versöhnen könnten, dass sie lauwarme Freunde wären, würde er sich glücklich schätzen.

Und wenn er es vermochte, dieses kleine Wunder zu vollbringen, wer konnte sagen, was ihnen noch bevorstehen würde? Er würde aus jedem Schritt, den er mit Caroline machte, Kapital schlagen.

»Schottland zeigt sich von seiner besten Seite, wenn die Farben des frühen Winters zu sehen sind. Die Wälder und der Berg bieten derzeit eine wunderbare Farbpalette aus Gold, Braun und Grün. Das Heidekraut blüht immer noch in einem tiefen Violett.«

Er zeigte auf das Fenster, durch das ein dichter Wald etwa eine halbe Meile auf der rechten Seite des Berges zu sehen war.

»Danke, Ewan, das würde mir sehr gefallen«, sagte Caroline.

Wenn es ihm gelänge, Caroline aus dem Schloss und von neugierigen Blicken fernzuhalten, könnte er mit der nächsten Phase seines Plans fortfahren.

Kapitel Elf

»Es ist wunderbar hier oben. Man kann meilenweit sehen«, bemerkte Caroline.

Sie unterdrückte ein zufriedenes Grinsen beim Anblick des rotgesichtigen Ewan, der sich schnaufend und keuchend hinter ihr den Hügel hinaufquälte. Caroline hatte kaum einen schweren Atemzug gemacht. Selbst in London legte sie an den meisten Tagen weite Strecken zu Fuß zurück und weigerte sich, mit der Familienkutsche zu fahren, wie es ihre Mutter verlangte.

»Ich muss mehr Zeit hier verbringen. In London bin ich an einen Schreibtisch gefesselt und esse ungesund«, sagte Ewan.

Caroline holte einen Apfel aus der Tasche ihres Rocks, brach ihn in zwei Hälften und reichte Ewan ein Stück.

Sie gingen weiter und aßen leise vor sich hin. Schließlich gelangten sie zu einer Steinbank tief im Wald. Caroline setzte sich, streckte ihre Beine aus und klopfte auf den Platz neben sich.

»Ewan, kommen Sie, setzen Sie sich. Ruhen Sie sich aus. Verschnaufpause.«

Hier, an diesem entlegenen Ort, fühlte sie sich mutig genug, seinen Vornamen zu nennen. Um eine Vertrautheit zu zeigen, von der sie einst erwartet hatte, sie bei ihm durch das Recht der Ehe nutzen zu können.

Es war zu viel passiert, als dass sie sich Gedanken darüber machte, was er von ihrer Kühnheit halten könnte.

»Danke, Caroline.«

Sie zog ein in Stoff eingewickeltes Stück Obstkuchen aus ihrer anderen Tasche. Sein verwirrter Blick entlockte ihr ein fröhliches Lachen.

»Nein, ich habe keine Lammhälfte in meinen Röcken. Der Kuchen ist das Letzte, was ich vom Frühstück gerettet habe. Die Köchin gab mir das Tuch.«

»Es tut mir leid«, sagte Ewan.

Caroline reichte ihm ein Stück des Kuchens, aber er winkte ab. »Ich meine nicht, dass es mir leidtut wegen des Essens. Es tut mir leid, was ich getan habe, um Ihnen Schmerz und Verlegenheit zu bereiten. Ich habe Sie furchtbar behandelt, und Sie haben mich trotzdem, wie ein Fels in der Brandung unterstützt. Ich verdiene Ihre Gunst nicht.«

Caroline drückte ihre Zunge gegen die unteren Zähne. Es war ein sehr seltsames Gefühl. Sie hatte diese Szene so oft in ihrem Kopf durchgespielt, und sie wusste genau, was sie sagen wollte. Doch in dem Moment, in dem sich ihr die Gelegenheit bot, ihm die Tiefe ihres Liebeskummers mitzuteilen, wich sie zurück. Es wäre niemandem damit gedient, gegen die Vergangenheit zu wettern.

»Es ist, wie es ist. Wir können nicht rückgängig machen, was geschehen ist.«

Ewan streckte die Hand aus und ergriff Carolines Finger.

»Ich hoffe, dass wir eines Tages Freunde sein können«, sagte er.

Tränen stiegen ihr in die Augen, als sie ihre Hand aus seinem Griff löste. »Ich weiß es nicht. Ich bin mir nicht sicher, ob meine Wohltätigkeit so weit reichen kann. Vielleicht wird es eines Tages so sein, aber ich erwarte, dass ich erst einen anderen Mann finden muss, der mich gut behandelt, um den Liebeskummer zu überwinden. Sie haben mich verletzt, Ewan Radley, mehr als Sie sich jemals vorstellen können.«

Sie erhob sich von der Bank. »Ich sollte besser zurück zum Schloss gehen. David wird bald aus dem Schlaf erwachen, und wenn ich zur Fütterungszeit nicht da bin, um ihn für die Amme zu beruhigen, wird er das Haus niederschreien.«

Ewan folgte Caroline zurück zum Schloss. Er wollte sich gerade noch einmal bei ihr entschuldigen, als sie ihm zum Abschied kurz zuwinkte und zielstrebig die Treppe hinauf und in den Bergfried marschierte.

Sie hatte seine erste Entschuldigung nicht wirklich angenommen, und er wusste, dass sie vieles zurückhielt. Als er sie weggehen sah, fluchte Ewan leise vor sich hin.

Nur ein Narr hätte eine so schöne Frau wie sie für jemanden wie Beatrice weggeworfen. Und doch hatte er es getan. Während Caroline eine schöne englische Rose war, war ihre Schwester eine rabenschwarze Verführerin gewesen. Ihre kurzlebige Affäre war voller Leidenschaft, hitzigem Streit und überwältigendem Sex gewesen.

Nachdem er sie in sein Bett genommen hatte, hatte er sich verpflichtet gefühlt, sie zu heiraten. Beatrice war immer noch die Tochter eines Grafen. Die Londoner Gesellschaft diktierte ihm, dass er sie, sobald er sie im biblischen Sinne kennengelernt hatte, heiraten und für sie sorgen sollte.

Er hatte sie weder gezähmt noch zum Altar geführt. Stattdessen hatte er sie verloren und sein eigenes uneheliches Kind zur Erziehung bekommen. Ihre Beziehung war ein einziges skandalöses Durcheinander gewesen.

»Nein, Caroline. Ich bin noch nicht fertig. Sie werden mich anhören, bevor Sie hier weggehen. Wenn ich Ihre Freundschaft nicht haben kann, dann werde ich Ihre Vergebung haben«, murmelte er ihr nach.

Er war entschlossen, mindestens das von ihr zu bekommen, bevor sie nach Hause ging. Bevor sie aus seinem Leben verschwinden würde.

Kapitel Zwölf

Ewan verließ an diesem Abend schon sehr zeitig die warme Stube im Erdgeschoss.

Caroline war beim Abendessen sehr schweigsam gewesen und hatte sich mit Kopfschmerzen früh zurückgezogen. Die Anwesenheit von Tante Maude und Lady Alison am Tisch beschränkte die Unterhaltung auf gesellschaftlichen Small Talk und Davids Schlafverhalten.

In seinem Schlafzimmer angekommen, schenkte sich Ewan ein Glas Whisky aus der Karaffe am Kamin ein und stellte es auf den Nachttisch. Er zog seine Hausschuhe aus und legte sich zurück aufs Bett.

Bald darauf fiel er in einen tiefen Schlaf. Sein Diener klopfte mehrmals an, bevor er es als aussichtslos aufgab und sich in sein eigenes Zimmer zurückzog.

Ewan träumte. Er erblickte eine Frau in der Ferne. Zuerst konnte er sie nicht erkennen, aber als sie langsam ins Blickfeld kam und er ihr hellbraunes Haar sah, wusste er ihren Namen.

»Caroline«, murmelte er.

»Lord Strathmore.«

Er schnaubte frustriert und hätte es viel lieber gesehen, wenn sie ihn bei seinem Vornamen genannt hätte.

Sie lächelte. Die Caroline seines Traumes konnte seine Gedanken lesen.

»Ewan. Ich weiß, dass es dir gefällt, wenn ich dich Ewan nenne. Ich denke, es gibt noch andere Dinge, die ich tun könnte, die dir auch gefallen würden«, säuselte sie.

Er zog sie grob an sich und küsste ihre Lippen mit voller Wucht. Während ihre Münder miteinander verschmolzen, knöpfte Caroline die Knopfleiste von Ewans Hose auf. Er stöhnte auf, als sie ihn fest in die Hand nahm und zu streicheln begann.

Sex im Traum war immer wunderbar. Es gab keine Regeln, keine strengen Auflagen, die das Ereignis verzögert hätten. Frauen waren willig und bereit, seine Wünsche zu erfüllen. Er wiederum war in der Lage, alle ihre sexuellen Bedürfnisse zu befriedigen.

»Ich wusste schon immer, dass du gut bestückt bist, Ewan. Ich kann es kaum erwarten, bis du nackt auf mir liegst. Lass uns das Vergnügen nicht länger hinauszögern«, flüsterte sie ihm verführerisch ins Ohr.

Ewan wälzte sich schlafend auf dem Bett herum und griff nach einem großen Kissen. Er hielt es fest an sich gedrückt und fuhr fort, die Caroline in seinem Traum zu verführen.

Er riss das Oberteil ihres durchsichtigen Kleides entzwei. Es löste sich in Luft auf und ließ sie nackt und offen für seine hungrigen Blicke zurück. Ihre perfekt geformten Brüste bettelten förmlich um seine Aufmerksamkeit. Ohne zu zögern, beugte er sich vor und nahm eine ihrer spitzen Knospen in seinen Mund. Als er saugte, stieß sie einen tiefen Seufzer der Freude aus.

»Ewan, bitte«, schluchzte sie.

Als er seine Lippen von ihr löste, fiel Caroline lächelnd auf die Knie. Sie nahm seine enorme Erektion in den Mund, leckte und saugte und zog kräftig. Ewan dachte, er würde verrückt werden. Er grub seine Hände in ihr Haar und war kurz davor, die Kontrolle zu verlieren, als sie mit ihrer Zungenspitze unter der

Spitze seines Schwanzes entlangfuhr. Sie neckte ihn, und er genoss jede Minute.

Aber ihre Bedürfnisse mussten an erster Stelle stehen. Mit viel Mühe beugte sich Ewan vor und schob seinen Daumen in Carolines Mund, um ihre Lippen zu lösen. »Genug, meine Schöne. Wenn du mir weiter so zusetzt, ist es viel zu schnell vorbei.«

Er zog sie auf die Beine und küsste sie noch einmal sanft und zärtlich. Gleichzeitig wanderte Ewans Hand über Carolines Bauch zu dem Haarbüschel, dort, wo ihre Oberschenkel zusammentrafen. Sein Daumen wanderte um die Öffnung ihres Geschlechts. Als sie ihre Beine öffnete, schob er zwei Finger tief hinein.

Caroline klammerte sich an seine Schultern. Sie war herrlich nass, und einen Moment lang befürchtete Ewan, dass er es nicht mehr lange aushalten würde.

»Nimm mich jetzt. Reite mich hart. Mach mich zu deiner. Ich habe dich immer gewollt«, bettelte sie.

Aus dem Traumnebel tauchte ein Bett auf, und er trug sie dorthin. Caroline streckte sich auf der weichen Federmatratze aus und winkte ihn zu sich. Ewan brauchte keine zweite Einladung. Er kletterte auf das Bett und erhob sich über sie. Sie nahm ihn in die Hand und führte seine Erektion zu ihrer Öffnung. Ihr Rücken wölbte sich, und sie stieß ein freudiges Schluchzen aus, als er in ihren willigen Körper eindrang.

»Caroline. Ich habe dich so lange gewollt. Ich war so hungrig, dich zu nehmen, wie ich es jetzt tue.«

Sein aufgeheizter Körper übernahm die Kontrolle über den Traum. Ewan stieß tief in die Frau, die er liebte, und verlor sich in seinem Verlangen, sie zu erobern.

Caroline schlang ihre langen Beine um seine Oberschenkel, und er trieb sie beide an den Rand. Ihr Stöhnen der Lust und der verzweifelten Gier spornte ihn an. Jeder Stoß wurde härter und tiefer.

Er drang ein letztes Mal tief in sie ein, und Caroline stieß einen markerschütternden Schrei aus, als sie in seinen Armen auseinanderbrach. Sein eigener Schrei der Vollendung hallte bald im Bett wider.

Caroline hatte ihm schließlich doch noch ihren Körper überlassen.

»Jetzt brauche ich nur noch dein Herz«, flüsterte er im Schlaf.

Ewan wachte am nächsten Morgen früh auf, noch vollständig angezogen. Er rollte sich auf den Rücken und starrte an die Decke.

Die Erinnerungen an seine lustvolle Traumbegegnung mit Caroline standen im Vordergrund. Er brauchte sich nicht zu berühren, um zu wissen, dass er mit einem schweren Fall von morgendlicher Grandeur aufgewacht war.

Die Standuhr in der Halle schlug die Stunde sieben. Um sieben Uhr dreißig würde sein Diener an die Tür klopfen und erwarten, dass er eintreten und Ewans tägliche Garderobe vorbereiten sollte.

Er kletterte vom Bett und entledigte sich seiner Kleidung. Sein Kammerdiener war ein anspruchsvoller Mann und missbilligte es, wenn sein Herr vollständig bekleidet schlief.

Nackt schlüpfte Ewan unter die Bettdecke. Er nahm seine Erektion fest in die Hand, schloss die Augen und erinnerte sich an den Sex mit seiner Traumfrau Caroline.

Mit ihr im Traum zu schlafen, war eine Sache, aber er würde alles tun, um das zu verwirklichen. Die echte Caroline sollte für immer in seinem Bett liegen.

Kapitel Dreizehn

Caroline und Ewan gewöhnten sich schnell daran, täglich einen Spaziergang auf den Berg und in den Wald zu machen. Und so sehr seine nächtlichen Träume von ihr seine Aufmerksamkeit auf sich zogen, beschloss Ewan, dass es zu diesem Zeitpunkt nicht ratsam war, das Thema ihrer gescheiterten Beziehung zu vertiefen. Caroline ihrerseits schien die Angelegenheit in den Hintergrund gedrängt zu haben.

Sie hielt David liebevoll in ihren Armen, als Ewan einige Tage später im Kinderzimmer auftauchte, und begrüßte ihn mit einem freundlichen Lächeln.

»Guten Morgen«, sagte sie mit gurrender Stimme zu dem Baby. »Schau, David, dein Papa ist gekommen, um dich zu sehen.«

Ewans Herz schlug höher, als er sah, wie natürlich die Verbindung zwischen Caroline und seinem Sohn war. David begann sofort zu jammern, wann immer er Hannah übergeben wurde.

»Auch Ihnen einen guten Morgen, Lady Caroline. Ich hatte gehofft, wir könnten wieder unseren täglichen Spaziergang machen, wenn Sie Zeit dafür haben.«

Sie zögerte einen Moment, bevor sie antwortete. »Ja, natürlich. Ich brauche ein paar Minuten, um meine Sachen zu holen. Ich treffe Sie draußen bei der Küche.«

Ewan ging die Treppe hinunter und wartete auf sie. Als er draußen an der frischen Morgenluft stand, überlegte er, wie er das Thema ihrer Beziehung noch einmal ansprechen könnte. Nach mehreren Nächten mit hitzigen Träumen von Caroline wusste er, dass er sich mehr von ihr wünschte als ihre Vergebung.

Erst nachdem Beatrice ihn von sich gewiesen hatte, war er zu der schrecklichen Erkenntnis gelangt, dass es Caroline war, in die er die ganze Zeit verliebt gewesen war. Die Gefühle, die er für sie empfand, waren ein langes, langsames Brennen gewesen, nicht das alles verzehrende Feuer, das seine törichte Vorstellung von Liebe zu Beatrice gewesen war.

Er hatte zugelassen, dass Begierde seine Handlungen bestimmte, und infolgedessen den größten Fehler seines Lebens begangen. Hätte er sich an den für ihn vorgesehenen Weg gehalten, wäre Caroline Davids leibliche Mutter und seine Herzogin gewesen.

Und mein Leben wäre nicht das skandalöse Durcheinander, das es derzeit ist.

Caroline erschien am Fuße der Treppe, die von der Küche wegführte, und kam diese mit mehr als der üblichen Eile herauf.

»Schnell, bevor die Köchin uns erwischt«, lachte sie.

Sie schlug die Ecke ihres Wollmantels hoch und enthüllte einen kleinen Weidenkorb, den sie Ewan unter die Nase schob.

Er erblickte einen frisch gebackenen Laib Brot, ein großes Stück Süßmilchkäse und ein Messer. Er nickte zustimmend und heimlich erfreut. Caroline hatte das Küchenpersonal in ihren Bann gezogen.

»Kommen Sie schon«, sagte sie.

Er folgte ihr, als sie über den Hof hinunter zu dem kleinen Tor ging, das auf die Felder jenseits des Schlosses hinausführte. Caroline hatte sich schnell eingelebt und bewegte sich im Schloss und auf dem Gelände mit der Leichtigkeit von jemandem, der sich wie zu Hause fühlte.

Ich wünschte, das wäre dein Zuhause. Das hätte es sein sollen.

»Ein schöner Tag, nicht wahr?«

Ewan murmelte etwas als Antwort. Sein Blick war fest auf den sanften Schwung von Carolines Hüften gerichtet, während sie vor ihm herging. Er sehnte sich danach, mit seiner Hand über ihren festen, runden Hintern zu streichen. Er würde viel dafür geben, dass die reale Caroline das tun würde, was ihr Traumzwilling in der vergangenen Nacht mit ihm gemacht hatte.

Er schluckte schwer.

Es gab nur eine Möglichkeit, das herauszufinden.

Im Wald angekommen, setzten sie sich. Caroline brach ein Stück des Brotes ab und reichte es Ewan. Der Duft von frischem Brot ließ ihm das Wasser im Munde zusammenlaufen.

Er wiederum nahm das Messer und schnitt für jeden ein großzügiges Stück von dem süßen Milchkäse ab.

»So gut«, murmelte Caroline zwischen zwei Bissen.

Ewan spürte, wie sich seine Männlichkeit bei dem Klang ihres Vergnügens verhärtete. Als sie die Krümel von ihren Fingern leckte, fürchtete er, die Kontrolle zu verlieren.

»Caroline?«

»Hm.«

Er saß einen Moment lang da und suchte nach den richtigen Worten. Die Schwierigkeiten zwischen ihnen waren immer noch nicht ausgeräumt. Erschwerend kam hinzu, dass sich Lady Alison heute Morgen erkundigt hatte, wie lange ihr Sohn beabsichtige, Lady Caroline auf dem Schloss zu behalten.

Ewan holte tief Luft und nahm seinen Mut zusammen. »Es war nicht Ihre Schuld, dass die Dinge zwischen uns nicht gut gelaufen sind.«

Das war schlecht gesagt, du Tölpel.

So hatte er nicht geplant, das Gespräch zu beginnen. »Ich wollte damit sagen, dass ich die Schuld an der entstandenen Situation trage. Und auch an dem Chaos, in dem wir uns derzeit befinden.«

»Das ist Vergangenheit, lassen wir es dabei.«

Caroline sah ihn nicht an, ihr Blick blieb fest auf den Ast eines nahen Baumes gerichtet. Die Anspannung in ihrem Kiefer war das einzige äußere Zeichen dafür, dass sie, wie Ewan vermutete, darum kämpfte, ihre Gefühle zu kontrollieren.

In gewisser Weise hatte Caroline recht. Es wäre einfacher, die Dinge in der Vergangenheit zu belassen. Aber Ewan Radley war ein starrköpfiger Mann, wenn es um Herzensangelegenheiten ging. Die Gewissheit, dass er sie liebte, war in den Tagen seit ihrer Ankunft auf Schloss Strathmore stetig gewachsen. Wenn sie etwas für ihn empfand, wollte er nicht zulassen, dass sie ein Geheimnis daraus machte.

Nicht, wenn es eine Chance gibt, dass wir ein gemeinsames Leben führen können.

»Ich habe einen schweren Fehler begangen, als ich nicht zuließ, dass sich die Dinge zwischen uns beiden voll entwickeln. Ich schäme mich zutiefst, dass ich zugelassen habe, dass Ihre Schwester mir den Kopf verdreht. Das war für jeden von uns das Schlimmste.«

Caroline erhob sich von der Bank und drehte sich zu ihm um. Sie holte tief Luft, bevor sie sprach.

»Ich glaube, was Sie wirklich sagen wollten, und korrigieren Sie mich, wenn ich falsch liege, war, dass Sie meiner Schwester große Leidenschaft zutrauten. Und da sie und ich von Natur aus so unterschiedlich sind, haben Sie nun beschlossen, dass ich unfähig sein muss, solche Dinge zu fühlen und zu zeigen.«

Er schüttelte den Kopf. »Es ist viel komplizierter als das.«

Die Reste von Carolines Brot und Käse landeten in den nahe gelegenen Büschen.

»Eigentlich, Ewan, ist es das nicht. Es ist wirklich ganz einfach. Sie haben sie mir vorgezogen, so wie Sie die Lust der Liebe vorgezogen haben. Haben Sie schon einmal darüber nachgedacht, warum es mir so schwerfällt, Ihnen beiden zu verzeihen? Beatrice war wie immer: Sie sah etwas, das mir gehören könnte, und machte sich auf den Weg, es sich zu nehmen. Sie wiederum haben entschieden, dass ich niemals Ihr Herz erobern kann, dass ich Ihrer Liebe nicht würdig bin. In eurem egoistischen Streben nach sexuellem Vergnügen habt ihr jede Hoffnung auf eine glückliche Ehe zunichtegemacht, die ich vielleicht hatte. Sie müssen mir verzeihen, wenn ich mit mehr als nur ein wenig Bitterkeit über die Ungerechtigkeit kämpfe, die mir angetan wurde.«

Sie hatte recht. Er war der niedrigste Schurke der Welt. Nachdem er Caroline jedes Zeichen seines Interesses an ihr gegeben hatte, hatte er ihr Herz gewonnen, nur um es dann gnadenlos zu zerstören.

Ein heftiges Zittern ging durch Carolines Körper. Es tat Ewan weh, endlich zu erkennen, wie tief der Aufruhr war, den er in ihrem Leben verursacht hatte. Caroline stiegen Tränen in die Augen, aber sie wischte sie wütend weg.

Ewan erhob sich und streckte eine Hand aus. Caroline schüttelte den Kopf und wich zurück.

»Nein, nicht. Versuchen Sie nicht, mich zu trösten. Ich bin keine schwache Frau, die man in die Arme nehmen kann, während sie sich ausweint. Ich habe mehr als genug Tränen vergossen, weil ich Sie geliebt habe. Verflucht sollen Sie sein, Ewan Radley. Ist das der wahre Grund, warum Sie mich nach Schottland gebracht haben? Um zu sehen, ob Sie sich an der anderen Hastings-Schwester versuchen können?«

Sie wollte an ihm vorbeigehen, aber Ewan war schneller. Er packte Caroline am Arm und drehte sie herum, sodass sie ihn ansah.

»Ich wollte nie deine Tränen«, sagte er.

Seine Finger griffen in ihr Haar, und er zog sie grob an sich. Der Hunger diktierte jeden seiner Schritte. Hunger nach allem, was sie geben könnte.

»Lass mich los!«

»Nein.«

Es schmerzte ihn, sie so verzweifelt zu sehen, aber ihre Tränen gaben ihm Hoffnung. Wenn er ihr nicht länger etwas bedeuten würde, wäre Caroline nicht so wütend.

Seine Lippen trafen auf ihre. Die Herausforderung war gestellt. Sollte sie ihm doch zeigen, dass sie gegen die heiße Leidenschaft, die zwischen ihnen brodelte, immun war. Dass sie ihn nicht so sehr wollte, wie er sie begehrte.

Carolines anfängliche Steifheit in Ewans Armen wich bald, und sie gab sich dem Kuss hin. Ihre Lippen und ihre Zunge wurden weicher, während ihre Münder einen Tanz der immer tiefer werdenden Leidenschaft tanzten. Sie stöhnte auf, als er sie näher zu sich zog, hart gegen seinen Körper.

Ob unschuldiges Fräulein oder nicht, es war ihm nicht mehr wichtig, die körperliche Wirkung zu verbergen, die sie auf ihn hatte. Es war an der Zeit, dass Caroline die Wahrheit über seine Pläne erfuhr. Von seinem Hunger nach ihr.

Seine linke Hand wanderte nach unten und schlüpfte unter die Klappe ihres Mantels. Flinke Finger fanden bald die feste Knospe ihrer Brustwarze. Er drückte sie sanft und wurde mit einem gierigen Wimmern belohnt. Sein Traum war im Begriff, Wirklichkeit zu werden.

Wenn er sie nur noch ein wenig länger in seinem sinnlichen Griff halten könnte, würde sie ihm gehören, und er könnte mit ihr machen, was er wollte. Er könnte sie hier und jetzt nehmen, und sie würde ihn lassen. Er würde seinen Anspruch auf ihren Körper geltend machen.

Aber nicht auf ihr Herz, und deshalb würdest du sie für immer verlieren.

Der Gedanke ließ ihn aufschrecken. Er wollte alles von dieser Frau, nicht nur ihren Körper. Ewan ließ sie los und zog sich aus dem Kuss zurück.

Caroline stand da und starrte ihn an; auf ihrem Gesicht lag ein Ausdruck von schmerzlicher Verwirrung.

»Das hätte ich nicht tun sollen«, stammelte er.

Er kam nicht dazu, den Rest dessen zu sagen, was er sagen wollte, nämlich dass er sie zuerst um Erlaubnis hätte fragen sollen. Blitzschnell trat Caroline vor und verpasste Ewan eine schallende Ohrfeige.

»Du bist ein herzloser Hund. Du nimmst dir, was dir nicht gehört, und glaubst, dass eine schwache Entschuldigung die Dinge wieder ins Lot bringen wird. Du hast kein Verständnis für Frauen, Ewan. Gott möge sich der armen Frau erbarmen, die schließlich mit dem Unglück konfrontiert wird, deine Frau zu sein!«

Und damit war sie weg. Caroline ignorierte den bekannten Weg, auf dem sie gekommen waren, stürzte durch das Gebüsch und verschwand schnell aus seinem Blick.

»Oh«, war alles, was Ewan zustande brachte, während sein Verstand in einen Strudel der Unentschlossenheit geriet.

Sollte er ihr folgen und versuchen, es wiedergutzumachen? Oder war es besser, dass er sich auf den Weg zurück zum Schloss machte, um zu sehen, ob er sie empfangen konnte, wenn sie zurückkam? Und wenn er sie finden würde, was würde er dann sagen?

Jetzt hast du alles noch schlimmer gemacht. Jetzt hasst sie dich wirklich.

Er stimmte nicht mit all ihren Anschuldigungen überein, aber in einem Punkt hatte Caroline recht: Er hatte keine Ahnung von Frauen.

Wütend und frustriert drehte sich Ewan um und ging den Weg zurück, der aus dem Wald hinausführte. Anstatt Wiedergutmachung zu leisten und einen neuen Weg mit Caroline einzuschlagen, hatte er es nur geschafft, sie wegzustoßen und ihren Hass zu gewinnen.

»Du verdammter Narr.«

Kapitel Vierzehn

Caroline erreichte das Schloss am späten Nachmittag und versteckte sich in einem Salon im Erdgeschoss. Sie hatte fast vier Stunden damit verbracht, am Berghang herumzuwandern, während sie versuchte, sich einen Reim auf die Ereignisse des Morgens zu machen.

Ewan hatte sie geküsst. Er wollte sie.

Wäre sie mit ihm im Wald geblieben, hätten sich die Dinge zwischen ihnen wahrscheinlich so entwickelt, wie es die Natur wollte. Einen Moment lang war sie versucht gewesen, ihm seinen Willen zu lassen. Um ihnen beiden die Freuden zu gönnen, nach denen sich ihr erhitzter Körper sehnte. Es wäre die einfachste Entscheidung gewesen, seinen Forderungen nachzugeben.

Lady Caroline Hastings war jedoch eine Frau, die mehr als fähig war, die Auswirkungen des einfachen Weges im Leben zu verstehen. Einen solchen fatalen Fehler wollte sie nicht begehen.

So, wie sie Ewan und ihrer beider gesellschaftlichen Positionen kannte, hätte er ihr sofort einen Heiratsantrag gemacht, wenn sein Blick auf ihre nackten Brüste gefallen wäre. Und es würde ihn genau dorthin zurückbringen, wo er mit ihrer Schwester Beatrice gewesen war. Er wäre gezwungen, ein

Mädchen zu heiraten, das er nicht liebte. Es wäre der Beginn einer Ehe, die zum Scheitern verurteilt sein würde.

Nein. Das werde ich nicht tun. Nicht einmal für seine Liebe werde ich meine Seele opfern.

Sie hatte ihn geohrfeigt. Als Herzog war das etwas, das Ewan wahrscheinlich nicht regelmäßig passierte. Der Schock auf seinem Gesicht war echt genug gewesen. Das Wissen, dass sie ihm körperliche Schmerzen bereitet hatte, befriedigte sie zutiefst.

Ich habe so sehr wegen dieses Mannes gelitten.

»Caroline?«

Sie drehte sich um und sah Lady Alison in der Tür des Salons stehen.

»Ich habe überall nach Ihnen gesucht. Es ist ein Brief von Ihrem Vater eingetroffen.«

In der Privatsphäre ihres eigenen Zimmers öffnete Caroline den Brief. Sie nahm den kurzen Inhalt in sich auf, rollte ihn zu einer Kugel zusammen und warf ihn in den Kamin.

Wie erwartet, hatte Lord Hastings seinen Standpunkt deutlich gemacht. Caroline hatte ihre Zeit in Schottland überzogen und wurde nun aufgefordert, unverzüglich nach Hastings Hall zurückzukehren.

Als sie sah, wie der Brief in Flammen aufging, fühlte Caroline, wie sich ein Gefühl der Ruhe über sie legte.

Ihr Vater hatte recht. Es gab für sie keinen Grund, noch länger in Schottland zu verweilen. Abgesehen von der Tatsache, dass sie eine Verwandte in Davids Leben war, war sie nichts weiter als eine Fremde in dieser Landschaft.

Und was Ewan anbelangte, so sah er sie wahrscheinlich lediglich als ein weiteres Problem an, das zu lösen er sich verpflichtet fühlte. Sie zu küssen, war nur sein ungeschickter Versuch gewesen, die Wogen zwischen ihnen zu glätten.

Er liebt mich nicht. Der einzige Grund für seine Bitte, ihn nach Schottland zu begleiten, war, um ihm eine ruhige Heimreise zu ermöglichen und David so schnell wie möglich vor neugierigen Blicken zu schützen.

Sie sollte ihren Auftrag als erfüllt betrachten. Sie hatte ihren Neffen nach Schottland und in die fähigen Arme seiner Großmutter und Großtante väterlicherseits gebracht.

Es war an der Zeit, nach Hause zu gehen, Beatrice auf jede erdenkliche Weise zu betrauern und mit ihrem eigenen Leben fortzufahren.

Kapitel Fünfzehn

»Wann hat Caroline gesagt, dass sie nach Kent abzureisen gedenkt?«

Lady Alison bestrich ihr Morgenbrot mit der Marmelade und legte das Messer ab. »Eine Woche, vielleicht zwei. Aber sie hat gesagt, dass es spätestens in der zweiten Dezemberwoche so weit sein muss. Sie will rechtzeitig zu Weihnachten zu Hause sein.«

Lady Alison genoss mit Tante Maude ein ausgiebiges spätes Frühstück. Es war drei Tage her, dass Caroline das Schreiben ihres Vaters erhalten hatte. Sie hatte den genauen Inhalt des Briefes nicht preisgegeben, aber mit der Ankündigung, dass sie in Kürze nach Hause abreisen würde, brauchte man kein Genie zu sein, um zu verstehen, dass Lord Hastings seiner jüngeren Tochter befohlen hatte, Strathmore hinter sich zu lassen.

Caroline selbst war zu ihrem Morgenspaziergang auf den Strathmore Mountain aufgebrochen. Sie war allein unterwegs. Es war allen klar, dass sie und Ewan sich zerstritten hatten.

»Dein Junge ist ein verdammter Narr«, sagte Tante Maude.

Die Herzoginwitwe saß still da und wartete geduldig auf den Rest von Tante Maudes Rede.

Los geht's.

»Er hat sie aus einem bestimmten Grund hierhergebracht, und dieser Grund war sicher nicht, ihr die Sehenswürdigkeiten des Strathmore Mountain zu zeigen. Wenn sie Felsen und Berge gewollt hätte, hätte sie auch in den Peak District fahren können.«

»Und was schlägst du vor, was ich dagegen tun soll, liebste Maude?«, fragte Lady Alison. »Ich habe versucht, mit ihm zu reden. Wenn du dich erinnern möchtest, war ich diejenige, die ihn gewarnt hat, sich von der ältesten der Hastings-Mädchen fernzuhalten. Beatrice war vom Tag ihrer Geburt an ein Unglücksrabe, das konnte jeder, der ein gutes Auge hatte, erkennen. Caroline war in jeder Hinsicht immer die bessere Wahl.«

Es gefiel ihr nicht, schlecht über Tote zu sprechen, aber es hatte keinen Sinn, die Tatsache zu verdrängen, dass Beatrice Hastings ein widerspenstiges Kind gewesen war, das zu einer eigensinnigen, ungezähmten jungen Frau herangewachsen war.

Das einzig Wertvolle, was Beatrice in ihrem kurzen Leben zustande gebracht hatte, war die Geburt eines Sohnes. Ein Kind, das Lady Alison nun aufzuziehen mithelfen sollte. Und so sehr sie ihren Enkel auch liebte, nach englischem Recht konnte David niemals den Titel eines Herzogs oder die Ländereien seines Vaters erben.

Ewan braucht eine Frau. Eine, die ihm einen rechtmäßigen Erben schenken kann.

»Wir könnten dafür sorgen, dass Lady Caroline nicht abreist«, sagte Maude.

Es war schon einige Jahrhunderte her, dass die Burg zuletzt Gefangene beherbergt hatte. Die Ankerwinde funktionierte noch. Und die Zugbrücke könnte hochgezogen werden. Das war eine Fantasievorstellung.

»Wir nehmen das arme Mädchen nicht gefangen«, entgegnete Lady Alison.

»Gut. Also, was ist dein Plan?«

Lady Alison sah auf und starrte Tante Maude an, die sich in

ihrem Stuhl nach vorn lehnte und einen erwartungsvollen Gesichtsausdruck hatte.

»Was meinst du damit?«

Tante Maude brummte angewidert. »Ich kenne dich viel zu gut. Du führst etwas im Schilde.«

Lady Alison gluckste. »Ich habe keine Ahnung, was du damit sagen willst, aber ich bin mir sicher, wenn wir beide unsere Köpfe zusammenstecken, könnten wir ein Dutzend verschiedene Möglichkeiten finden, um sicherzustellen, dass Lady Caroline auf Schloss Strathmore bleibt. Liebste Maude, es wird Zeit, dass wir uns an die Arbeit machen.«

Kapitel Sechzehn

Bis Lady Beatrice Hastings in sein Leben gestürmt war, hatte Ewan Radley an der Meinung festgehalten, dass er kein dummer Mann sei. Wenige Monate später, nachdem sie ihn mit zerrissener Selbstachtung zurückgelassen hatte, musste er sich eingestehen, dass er vielleicht doch nicht so weltgewandt und klug war, wie er sich einst selbst eingeschätzt hatte.

Die gleichen schrecklichen Gefühle sickerten erneut in seinen Geist. Seine Begegnung mit Caroline war eine Katastrophe gewesen. In einem Moment freute er sich, dass sie seinen sinnlichen Annäherungsversuchen nachgab, im nächsten war er schockiert, weil er eine Ohrfeige mit großer Wut erhalten hatte.

Allein in seinem Arbeitszimmer, am späten Abend, arbeitete er sich langsam durch einen Stapel von Nachlasspapieren, die ihm sein Verwalter zur Durchsicht überlassen hatte. Papierarbeit war normalerweise eine emotionsfreie Aufgabe, die seinen überlasteten Geist beruhigte. Doch heute Abend wollte er nicht zur Ruhe kommen.

Er saß da und starrte auf das Glas Whisky auf seinem Schreibtisch. Er hatte bereits zwei große Gläser von Schottlands feinstem Single Malt getrunken und arbeitete sich unaufhörlich durch ein drittes. Das Summen in seinem Hinterkopf war zu einer unangenehmen Mischung aus Alkohol und Bedauern geworden.

Caroline wollte ihn nicht in ihrem Leben. Sie war nicht bereit, ihm zu verzeihen. Vielleicht war es an der Zeit, weiterzuziehen und eine Frau zu finden, die eine vernünftige Ehefrau abgeben würde. Eine Frau, die ohne viel Aufhebens sowohl die Rolle der Herzogin von Strathmore als auch die der Stiefmutter übernehmen würde. Er könnte sich mit der traditionellen Ehe des *Ton* zufriedengeben. Wenn er es wollte, könnte er die Rolle eines bequemen Ehemanns mit einer bequemen Ehefrau spielen, die in einer Vereinigung ohne Leidenschaft und Liebe nebeneinander herlebten.

Er hob das Glas auf und goss den Rest des Inhalts zurück in die Whiskykaraffe. Sich zu betrinken, würde keines seiner Probleme lösen.

»Ich bin noch nicht fertig mit dir, Caroline.«

Der Kampf um ihr Herz war noch nicht vorbei.

Kapitel Siebzehn

Es war nur eine Frage von Tagen, bis sie Schloss Strathmore verlassen musste, und nachdenklich beschloss Caroline, dass sie sich unter besseren Bedingungen von der Familie Radley verabschieden sollte.

Abgesehen davon, wie unruhig die Situation mit Ewan im Moment war, bestand die reale Gefahr, dass sie ihren Neffen nie wieder sehen würde, wenn es ihr nicht gelänge, eine gütliche Einigung mit Davids Familie zu erzielen. Wenn sie ihren Schmerz und ihren Stolz hinunterschlucken musste, um sicherzustellen, dass sie Teil seines Lebens blieb, dann würde sie das tun.

»Haben Sie einen Moment Zeit?«

Lady Alison und Tante Maude, von denen Caroline vermutete, dass sie an der Hüfte zusammengewachsen waren, saßen Seite an Seite in der Bibliothek des Schlosses.

»Ja, natürlich, meine Liebe, kommen Sie herein und nehmen Sie Platz«, sagte die Herzoginwitwe.

Caroline setzte sich auf ein dunkelbraunes Ledersofa und legte ihre Hände sanft in den Schoß. In der Nacht hatte sie sich einen Plan ausgedacht, der hoffentlich dazu beitragen würde, die Beziehungen zu verbessern.

»Man hat mich glauben lassen, dass man in Schottland Weihnachten nicht als solches feiert.«

»Nein, das tun wir nicht. Die Kirche in Schottland hat seit Langem einige Probleme mit dem Fest. Die größten Feierlichkeiten der Saison sind dem Hogmanay am Silvesterabend vorbehalten. Es ist schade, dass Sie nicht lange genug bleiben können, um dabei zu sein. Warum fragen Sie?«

»Ich würde gern ..., wenn Sie einverstanden sind ... das Dorf besuchen und Weihnachtsgeschenke für Sie alle besorgen. Auch wenn ich selbst an dem betreffenden Tag nicht hier sein werde, würde es mich freuen, wenn Sie wenigstens eine kleine Erinnerung an mich hätten. Ich werde meinerseits beim Weihnachtsessen meiner Familie in Kent auf Ihre Gesundheit anstoßen«, antwortete Caroline.

Es war nur eine kleine Geste, aber eine, von der sie glaubte, dass sie dazu beitragen könnte, dass sie in etwas freundlicherem Rahmen abreisen würde.

Tante Maude legte sofort ihr Buch weg. Sie erhob sich von ihrem Stuhl und hatte Carolines Arm ergriffen, bevor Lady Alison überhaupt die Gelegenheit für eine Antwort erhielt.

»Das ist eine ausgezeichnete Idee, Caroline. Ich werde gehen und meinen Mantel holen.«

Weniger als eine Stunde später führte Tante Maude Caroline warm angezogen, aber leicht verwirrt aus dem Schloss und über die große hölzerne Zugbrücke. Ausflüge zu den verschiedenen Geschäften in London wurden normalerweise bereits Tage im Voraus geplant, aber da sie sich von Maudes Carpe-diem-Einstellung zum Einkaufen gefangen nehmen ließ, beschloss Caroline, dass sie keine andere Wahl hatte, als mitzugehen.

Sie wanderten die schmale Straße hinunter, die in das nahe gelegene Dorf Strathmore führte.

In der Nacht hatte es stark geschneit. An den Böschungen auf beiden Seiten der Straße türmte sich der Schnee.

Als die Wärme der Morgensonne den Schnee langsam schmolz, verwandelten sich Teile der Straße in große, mit Wasser gefüllte Schlaglöcher. »Passen Sie auf, wo Sie hintreten, Mädchen«, warnte Maude. »Die Straße kann nach einem Schneefall ein bisschen tückisch sein.«

Caroline wich einem Loch geschickt aus, verfehlte aber ein zweites nicht. Nach mehreren dieser Missgeschicke waren sowohl ihre Wanderschuhe als auch ihre Füße völlig durchnässt.

»Ich nehme an, Sie sind diese Art von Straßen in England nicht gewohnt. Es zahlt sich aus, seine gute Kleidung nicht zu tragen, wenn man hier unterwegs ist. Ich selbst hebe meine schönen Pantoffeln für die Saison in London auf, und meine guten alten Tackety-Stiefel für den Winter hier.«

Maude hob ihre Wollröcke an und gab den Blick auf ein Paar schlammverschmierte, schwarze Nagelstiefel frei. Caroline grinste bei diesem Anblick. Lady Maude war der Inbegriff des Pragmatismus.

»Wir sollten Ihnen ein Paar besorgen«, bot Maude an.

Caroline lachte. Sie mochte Tante Maude sehr. Eine gute, schlichte schottische Frau mit einem Herz aus Gold. Dass Maude darauf bestanden hatte, Caroline ins Dorf zu begleiten, war eine unerwartete, aber willkommene Überraschung.

Sie erreichten das Ende der Straße und betraten das Dorf Strathmore. Tante Maude hielt vor einem langen Steingebäude, an dessen Außenwand eine leuchtend grüne Schindel hing.

»Willkommen bei *Dunn's*. Sollten Sie hier nicht bekommen, was Sie suchen, müssen Sie leider bis nach Edinburgh fahren.«

Caroline folgte ihr hinein. Innerhalb kürzester Zeit hatte sie das meiste gefunden, was sie brauchte. Feine Lammwolle, aus der neue Schals für die Damen gestrickt werden könnten. Einige schwere Baumwollstoffe, um Kleidung für David zu nähen, der aus den Kleidern, die Caroline für ihn in Manchester gekauft hatte, schnell herausgewachsen war.

Damit blieb nur noch Ewan übrig.

Sie schlenderte einige Zeit durch den Laden, nahm verschiedene Dinge in die Hand und stellte sie wieder ab.

Sie war kurz davor, Ewan eine Gedichtsammlung von Robert Burns zu kaufen, von der sie annahm, dass er sie bereits besaß, als Tante Maude ihr zu Hilfe kam.

»Wenn Sie etwas für ihn suchen, können Sie ihm ein Hemd nähen«, sagte sie.

Caroline dachte einen Moment lang über diesen Vorschlag nach. Ein Hemd war absolut sinnvoll. Es war praktisch, und da sie geschickt mit Nadel und feinem Garn umgehen konnte, wusste sie, dass sie innerhalb weniger Tage ein hochwertiges Kleidungsstück herstellen konnte. In der Zeit, die ihr noch blieb, konnte sie auch ein paar kunstvolle Stickereien auf den Manschetten anbringen.

»Danke, Maude, das ist eine ausgezeichnete Idee.«

Nachdem sie ihre Einkäufe bezahlt und in braunes Papier eingewickelt hatte, verließen Maude und Caroline den Laden. Carolines Kopf war voll von Gedanken, was sie in die Manschetten von Ewans Hemd einsticken könnte. Wäre sie nicht so vertieft gewesen, hätte sie das heimliche Lächeln zwischen Tante Maude und dem Inhaber, Mr. Dunn, nicht übersehen.

Kapitel Achtzehn

Sobald sie ins Schloss zurückgekehrt war, machte sich Caroline daran, ihre Weihnachtsgeschenke herzustellen. Mit guter Laune und den besten Wünschen in jeder Masche hatte sie bald zwei lange, elegante Schals fertiggestellt. Je einen für Lady Alison und Tante Maude.

Zwei Tage später begann sie, den Stoff für Ewans Hemd zuzuschneiden, aber seltsamerweise kamen ihr jedes Mal die Tränen, wenn sie die Schere ansetzte. Schließlich legte sie das Hemd beiseite und nahm Davids Geschenk in Angriff.

Sie war gerade dabei, mit Schneiderkreide das Schnittmuster für einen Kittel für ihn zu entwerfen, als es an ihrer Zimmertür klopfte.

»Einen Moment«, rief sie.

Sie verstaute den Kittel schnell in einer Schublade. Auch wenn sie beim Öffnen der Geschenke nicht anwesend sein würde, wollte Caroline doch sicher sein, dass sie für alle Empfänger eine Überraschung blieben.

Die Tür öffnete sich, und Ewan trat über die Schwelle.

»Oh, hallo«, sagte sie.

Sie standen einen Moment lang in unbehaglichem Schweigen, bevor er schließlich sprach.

»Ich bin gekommen, um mich zu entschuldigen.«

Sie zuckte mit den Schultern. Er hatte bereits versucht, sich zu entschuldigen, und es war nicht besonders gut gelaufen. Es war sinnlos, etwas reparieren zu wollen, das irreparabel zerstört war.

»Ich weiß, dass es zwischen uns nie wieder gut sein wird, und ich übernehme die volle Verantwortung für diese unglückliche Situation. Aber ...«

»Aber was?«

Er blies seine Wangen auf.

»Ich brauche Ihre Hilfe. Ich verspreche, dass ich nicht hier wäre, wenn es einen anderen Weg gäbe. Und da es direkt mit David zu tun hat, dachte ich, dass Sie vielleicht einen Weg sehen, die anderen Angelegenheiten beiseitezuschieben, und sich bereit erklären, mir zu helfen.«

Ewans verzweifelter Gesichtsausdruck erinnerte Caroline daran, wie er sie angefleht hatte, nach Schottland zu kommen.

»Ich höre zu«, entgegnete sie.

Die Tatsache, dass sie kein klares Nein gesagt hatte, schien seine Stimmung zu heben. Er stieß einen kleinen Seufzer der Erleichterung aus.

»Meine Mutter hat für morgen einen Besuch einer Gruppe junger Damen aus Edinburgh im Schloss arrangiert. Es bleibt zu hoffen, dass aus dieser Gruppe ein geeignetes Kindermädchen für David ausgewählt wird. Aus irgendeinem Grund, den nur sie selbst kennt, hat sich meine Mutter von dem Vorstellungsgespräch zurückgezogen. Ich verstehe nicht, wie sie erst die Kandidatinnen auswählen und dann einen möglichen Interessenkonflikt geltend machen kann. Und bevor Sie fragen: Tante Maude leidet plötzlich an einer mysteriösen Krankheit und kann auch nicht bei den Treffen helfen.«

Caroline schürzte die Lippen. Die Erkenntnis, dass sie noch weiter unten auf der Liste der geeigneten Helfer stand als Tante Maude, war ein unerwarteter Schlag für ihren Stolz. Sie, und nicht Tante Maude, hatte sich die meiste Zeit um David gekümmert, seit sie ihn aus der Pension in Manchester gerettet hatten.

Aber vergiss bitte nicht, dass du diejenige gewesen bist, die ihre eigenen Interessen hintanstellen wollte, um das Beste für das Kind zu tun. Warum hättest du sonst zugestimmt, mit nach Schottland zu kommen?

Ihr verletzter Stolz würde sich selbst heilen müssen. Es gab eine Aufgabe zu erledigen. Und wenn David ein warmherziges und liebevolles Kindermädchen bekommen würde, dann wäre Carolines Reise hierher sicher ein Erfolg.

»Ja, natürlich, ich werde helfen.«

»Aber Ihnen ist schon klar, dass wir beide wenig bis gar keine Erfahrung darin haben, ein Kindermädchen einzustellen, geschweige denn ein Kind aufzuziehen. Ich kann immer noch nicht verstehen, warum Lady Alison nicht an den Treffen teilnehmen wollte. Sie hat immerhin die Erfahrung gemacht, eine richtige Mutter zu sein«, sagte Caroline.

Ewan setzte seine Tasse Kaffee auf dem Tisch ab. Auch wenn er die Gründe seiner Mutter nicht verstehen konnte, so bot es ihm doch zumindest die Gelegenheit, ein wenig kostbare Zeit mit Caroline zu verbringen. Zeit, von der er wusste, dass sie knapp wurde.

»Nun, wir müssen das Beste daraus machen und hoffen, dass eines der Mädchen geeignet ist. Mit acht zur Auswahl stehen die Chancen gut für uns«, erwiderte er.

Am Ende war Ewan erleichtert, dass es Caroline war, die er für die Gespräche hatte gewinnen können. Er entdeckte schnell, dass sie sich in ihren Ansichten über die wichtigsten Eigenschaften, die ein Kindermädchen für David besitzen sollte, sehr ähnelten.

Den ganzen Nachmittag über saßen sie Seite an Seite im großen Wohnzimmer und befragten die angehenden Kindermädchen. Als die letzte der acht Kandidatinnen den Raum verließ, sahen sie sich an und schüttelten den Kopf.

»Ich weiß, dass Mama ihr Bestes getan hat, um die Mädchen zu finden, aber keine von ihnen gefiel mir. Ich würde nicht wollen, dass eine von ihnen meinen Sohn erzieht. Was meinen Sie?«, fragte Ewan.

Der Tag war lang und manchmal anstrengend gewesen. Zwei der Kandidatinnen hatten sich verabschiedet, als sie erfuhren, dass sie das Kindermädchen für ein uneheliches Kind sein würden. Die anderen hatten verschiedene große Charakterfehler. Keine einzige Bewerberin war einer Einstellung würdig.

Es hatte Ewans gesamte Selbstbeherrschung gekostet, die Frau nicht zu schlagen, die ihm sagte, sein Sohn sei das Produkt der Sünde des Teufels in der Welt.

Caroline bewegte sich in ihrem Sitz und sah ihn an.

»Ich muss gestehen, dass ich mit Ihnen völlig übereinstimme. Vielleicht müssen Sie selbst nach Edinburgh fahren und die richtige Frau finden. Die Zeit wird immer knapper. Wenn Hannah und ich zu Weihnachten nach Hastings Hall zurückkehren wollen, müssen wir in den nächsten Tagen aufbrechen. Ich bezweifle, dass Ihre Mutter die Aufgabe der Pflege von David übernehmen will.«

Der Nachmittag war eine völlige Zeitverschwendung gewesen, was die Suche nach einem Kindermädchen anging, aber wenigstens hatte sich die Situation zwischen Caroline und ihm beruhigt, sodass sie angenehm miteinander reden konnten. Allerdings nicht so gefestigt, dass er sich in der Lage fühlte, erneut das gefährliche Terrain zu betreten und ihr zu sagen, dass er sie liebte.

Ich muss einen Weg finden, ihr die richtigen Dinge zu sagen.

Das schlechte Abschneiden der Kandidatinnen würde die Abreise von Caroline nicht verzögern. Und selbst wenn sie eine Zeit lang bleiben würde, müsste irgendwann ein geeignetes Kindermädchen gefunden werden. Der unvermeidliche und schmerzhafte Abschied stünde ihnen immer noch bevor.

Caroline hatte ihren Standpunkt, was sie beide betraf, nur allzu deutlich gemacht. Er hatte jede Chance verloren, sie zurückzugewinnen.

Ewan machte sich auf den Weg in den Innenhof des Schlosses. Er brauchte etwas frische Luft, um den Kopf freizubekommen und seine Laune wiederzufinden.

Die acht abgelehnten Bewerberinnen für die Stelle des Kindermädchens tummelten sich auf dem Hof und warteten auf den Strathmore-Reisewagen, der sie zurück nach Edinburgh bringen sollte. Das letzte Pferd wurde gerade angeschirrt, als sich Ewan näherte.

Er bemerkte etwas Seltsames. Jedes der Mädchen hielt ein kleines Portemonnaie in der Hand. Alle acht Börsen waren in Farbe und Größe identisch. Als er das erste Mädchen erreichte, blickte sie auf und gab einen erschrockenen Laut von sich. »Euer Gnaden.«

Hände und Geldbörsen verschwanden schnell unter Umhängen. Keine der jungen Frauen wagte es, seinen Blick zu erwidern. Die Erkenntnis schlich sich leise in seinen Kopf.

Ich rieche die Lunte.

Kapitel Neunzehn

Ewan wusste genau, wo er die Verantwortliche, oder besser gesagt, die beiden Verantwortlichen, finden würde. Er marschierte wütend zurück in den Bergfried.

Als er den Salon seiner Mutter betrat, stellte er fest, dass die zuvor unpässliche Tante Maude fröhlich ein großes Stück Aalpastete und etwas Aufschnitt aß. Neben ihr auf dem Sofa saß seine Mutter und genoss einen Brandy am frühen Nachmittag.

Sie waren am Feiern.

Er schloss die Tür hinter sich und schritt in die Mitte des Raumes. Die Hände in die Hüften gestemmt, blieb er stehen und sah sie an.

»Ah, Ewan, mein lieber Junge, wie sind die Vorstellungsgespräche gelaufen?«, fragte Lady Alison ganz beiläufig.

Er hätte über ihren erbärmlichen Versuch des Desinteresses gelacht, wenn er nicht so wütend gewesen wäre. Durch ihre Einmischung hatten seine Mutter und Maude die Situation mit Caroline nur noch prekärer gemacht.

»Ja, hast du dir eine ausgesucht?«, fügte Maude hinzu, bevor sie sich ein Stück Aalpastete in den Mund steckte. Sie lehnte sich auf dem Sofa zurück und lächelte zu ihm hoch.

Eines musste Ewan Maude lassen. Sie versuchte zumindest,

den Anschein aufrechtzuerhalten. Das wollte er natürlich nicht zulassen.

Die beiden Radley-Frauen hatten es geschafft, die potenziellen Kindermädchen zu bestechen und dafür zu sorgen, dass jedes Einzelne von ihnen das Vorstellungsgespräch vermasselt hatte.

»Ich bin nicht hier, um Spielchen zu spielen, meine Damen. Ich weiß, was Sie beide getan haben. Ich habe die Geldbörsen gesehen. Habt ihr wirklich geglaubt, ich würde euren Plan nicht aufdecken? Es wäre klug gewesen, mit der Auszahlung zu warten, bis sie wieder in Edinburgh sind.«

Die Frauen tauschten einen unruhigen Blick aus. Lady Alison nahm einen gemächlichen Schluck von ihrem Brandy, bevor sie das Glas mit langsamer Entschlossenheit absetzte.

»Wir haben nur versucht zu helfen. Du scheinst keine großen Fortschritte zu machen, wenn es darum geht, Caroline zum Bleiben zu bewegen, also haben wir beschlossen, dass du einen kleinen Schubs brauchst. Ich nehme an, ihr beide hattet einen schönen Tag und habt eng zusammengearbeitet. Und natürlich weiß Caroline, dass du immer noch in der Klemme steckst, wenn es um David geht.«

Maude klatschte die Hände zusammen. »Ich würde sagen, der heutige Tag war ein großer Erfolg. Jetzt musst du nur noch daraus Kapital schlagen.«

Ewan knurrte sie an. Es war schön und gut, dass sie ehrenhafte Absichten hatten. Was sie nicht zu begreifen schienen, war, dass Caroline keine Frau war, die man manipulieren konnte. Wenn sie auch nur ahnte, was Lady Alison und Tante Maude vorhatten, würde sie die erste Kutsche nehmen, die Strathmore Castle verließ, und er würde sie nie wiedersehen.

Seit dem Vorfall im Wald hatte er kaum Fortschritte bei ihr gemacht, und der Gedanke, dass seine Mutter und seine Tante versuchten, Amor zu spielen, ließ sein Blut vor Angst gefrieren.

»Ich muss darauf bestehen, dass ihr eure Hilfsversuche sofort einstellt. Die Situation ist viel komplizierter und heikler, als ihr beide zu begreifen scheint«, sagte er.

Die beiden Frauen blickten niedergeschlagen auf den Boden.

»Es tut uns wirklich leid«, erwiderten sie unisono.

Ewan fühlte sich wie ein Idiot, weil er seine Mutter und Maude dazu gebracht hatte, sich bei ihm zu entschuldigen. Sie hatten nur Gutes im Sinn. Er nahm sich vor, das so schnell wie möglich wiedergutzumachen.

Seine größte Sorge war in diesem Moment jedoch, dass Caroline nicht die Wahrheit über den vergeudeten Nachmittag erfuhr.

»Vielen Dank, meine Damen. Ich überlasse euch dem Brandy und den Snacks. Und dem Versprechen, dass ihr aufhört, Amor zu spielen.«

Er machte auf dem Absatz kehrt und verließ den Raum, um dafür zu sorgen, dass die Kutsche nach Edinburgh ohne weitere Verzögerung abfuhr.

~

Kaum war er weg, wandte sich Lady Alison an Tante Maude.

»Nun, Ewan hätte in seiner Rede nicht deutlicher werden können. Wir müssen uns aus Angelegenheiten heraushalten, die uns nichts angehen.«

Tante Maude wischte sich die Kuchenkrümel von den Fingern und nahm ihr Glas Brandy in die Hand. Nachdem sie einen großen Schluck hinuntergeschlürft hatte, hielt sie ihn in den Händen.

»Und was schlägst du jetzt vor?«

Ein verschmitztes Lächeln huschte über Lady Alisons Lippen.

»Da die Angelegenheit meines Enkels und aller zukünftigen Enkelkinder der Radley-Linie mich direkt betrifft, halte ich es für mein gutes Recht, mich einzumischen. Wir gehen nun zum nächsten Teil unseres Plans über. Caroline hat eine offensichtliche Schwachstelle, und die müssen wir voll ausnutzen. Es ist an der Zeit, dass wir unsere größte Waffe auf dem Schlachtfeld einsetzen.«

Das Klirren der beiden Brandygläser hallte durch den Raum.

»Lass uns auf das bezaubernde Lächeln von Master David Radley anstoßen und hoffen, dass es den Krieg zu unseren Gunsten entscheiden kann.«

Kapitel Zwanzig

Ewan lag in den frühen Morgenstunden in seinem Bett und lauschte dem Sturm, der am Vortag aufgekommen war und seither unvermindert anhielt. Orkanartige Winde peitschten heftigen Regen gegen das Fenster. Es war nicht ungewöhnlich, dass diese Stürme zu dieser Jahreszeit tagelang anhielten.

Die kalten Winde würden folgen, und mit ihnen würde starker Schnee kommen. Zeitweise konnten sowohl Strathmore Castle als auch das nahe gelegene Dorf vom Rest der Welt abgeschnitten sein.

Als er sich umdrehte und versuchte, wieder einzuschlafen, murmelte Ewan ein einziges Gebet.

Herr, lass es vierzig Tage und vierzig Nächte lang regnen.

Im Laufe des Vormittags ließ der Regen schließlich nach und bewahrte sie alle vor einer großen Flut. Aber die Straßen um das Dorf und das Schloss blieben nicht unversehrt. Die Brücke auf der Hauptstraße, die zurück nach Falkirk führte, war teilweise weggespült worden.

Später am Nachmittag erhielt Ewan von seinem Verwalter, Master Crowdie, im Burghof weitere schlechte Nachrichten.

»Es wird viele Tage dauern, bis jemand die Pfeiler wieder an ihren Platz ziehen kann, Euer Gnaden. Der Boden um die Unterseite der Brücke herum ist bestenfalls ein Morast.«

Ewan deutete auf den Strathmore Mountain, dessen Gipfel in Wolken verborgen war. »Ja, und die Wolken haben sich von Regenwolken in tief hängende Schneewolken verwandelt. Es kann sein, dass wir lange warten müssen, bis wir die Reparaturen durchführen können. Danke, Master Crowdie.«

Es musste nicht erwähnt werden, dass weder Ewan noch sein Verwalter bereit waren, das Leben ihrer Arbeiter bei der Reparatur der Brücke zu riskieren. Das Dorf und die Burg verfügten über reichlich Wintervorräte an Lebensmitteln. Niemand würde verhungern.

Nachdem sich sein Verwalter verabschiedet hatte, wandte sich Ewan wieder dem Berg zu. Als die Schneeflocken sein Gesicht streiften, neigte er den Kopf.

»Danke, Herr, ich werde diesen Segen nicht verschwenden.«

»Wie lange, sagten Sie?«

Ewan tat sein Bestes, um seine Stimme ruhig zu halten. Carolines Enttäuschung, als sie erfuhr, dass die Brücke in der Nähe von Torwood verschwunden war und sie möglicherweise auf unbestimmte Zeit im Schloss bleiben musste, war zu erwarten gewesen.

»Gibt es keine andere Straße, über die ich einen Weg finden könnte?«, fragte sie.

»Ich fürchte nein, die einzige andere Straße führt in die Highlands, und die ist bereits mit einem guten Meter Schnee bedeckt. Sie wird bis zum Frühjahr unpassierbar sein. Sie müssen verstehen, dass wir weit von den gepflasterten Straßen Londons oder gar Edinburghs entfernt sind«, antwortete Ewan.

Er zerbrach sich den Kopf und suchte nach etwas, das sie beschwichtigen könnte. »Wenigstens können Sie nun bei Davids Taufe dabei sein«, kündigte er an. Seine Mutter hatte am späten Vorabend die Frage nach Davids Taufe aufgeworfen. Bisher hatte er nicht darüber nachgedacht, weil er glaubte, es wäre das Geringste seiner Probleme, aber jetzt war es plötzlich vor seiner Nase. Und wanderte von dort direkt zu seinen Lippen.

Carolines Gesicht leuchtete vor Freude. »Oh, Ewan, das wäre wunderbar. Ich hatte noch nicht über seine Taufe nachgedacht, aber jetzt, wo Sie es erwähnen, finde ich es wunderbar. Was für eine zeitgemäße Idee.«

Er lächelte. Zum einen wegen der offensichtlichen Freude, die die Einladung Caroline bereitet hatte, und zum anderen wegen der Tatsache, dass seine Mutter ein geschicktes Spiel gespielt und ihn dazu gebracht hatte, ihrem Willen nachzugeben.

Touché, Mama.

Kapitel Einundzwanzig

Caroline saß mit den beiden Radley-Frauen am nächsten Morgen am Tisch, als Ewan in den Frühstücksraum kam. Er trat zu Lady Alison und drückte ihr einen Kuss auf die Wange.

»Also alles arrangiert?«, fragte sie.

»Ja. Heiligabend. Jetzt müssen wir nur noch einen weiteren Paten finden, dann ist alles fertig.«

Er sah zu Caroline herüber und lächelte.

»Ich habe Tante Maude bereits gebeten, eine von Davids Patinnen zu sein, und ich würde mich sehr freuen, wenn Sie die andere sein könnten.«

Sein Angebot kam für sie überraschend. Sie hatte sich keine Gedanken darüber gemacht, wer die Paten von David sein würden. Im Übrigen war sie sich nicht ganz sicher, wie die Kirche von Schottland zu unehelichen Kindern stand. Die Tatsache, dass David auf dem Gelände seines Familiensitzes getauft werden sollte, machte die meisten dieser Probleme wahrscheinlich zunichte.

»Sind Sie sicher?«

»Warum nicht? Sie wären die perfekte Patin für David. Und

es würde bedeuten, dass die mütterliche Seite eine formellere Stellung in seinem Leben einnehmen würde«, antwortete Ewan.

»Was für eine unerwartete Ehre. Ich akzeptiere natürlich. Wer wird sein Patenonkel?«

»Ich hätte meinen Bruder Hugh gefragt, aber er ist in London und wird nicht an der Zeremonie teilnehmen können. Die Kirche erlaubt keine Patenschaften durch Bevollmächtigte. Der Dorfpfarrer sagte, da ich meinen Sohn legitimiert habe, habe ich das Recht, sein Pate zu sein. Das bedeutet, mein Name und Davids Name werden zumindest in den Familien- und Kirchenbüchern nebeneinanderstehen. Ich kann ihm meinen Titel nicht geben, aber ich kann meinem erstgeborenen Sohn immer noch meinen Namen geben.«

Ewan tat sein Bestes, um ein guter Vater zu sein und Beatrice' Andenken zu bewahren. Für Caroline persönlich war es auch ein Segen zu wissen, dass ihr eigener Name zusammen mit dem von Ewan und David Radley in den Kirchenbüchern verzeichnet sein würde.

Die Geschichte würde zeigen, dass sie zumindest eine Zeit lang Teil des Lebens der beiden gewesen war.

Der Heilige Abend begann mit grauem Himmel. Niedrige Wolken hingen über dem Tal. Strathmore Mountain blieb vollkommen unsichtbar. Die Luft im Innenhof des Schlosses war bitterkalt. Caroline stand auf den Stufen des Bergfrieds und wappnete sich gegen die Kälte, indem sie ihren Mantel um sich wickelte. Überall im Hof gab es kleine Schneeflecken.

Tante Maude stellte sich neben sie und richtete ihren Blick zum Himmel. »Ein schöner schottischer Morgen, meine Liebe. Perfektes Wetter.«

Caroline schaute sie an, unsicher, ob Ewans Tante scherzte oder es wirklich ernst meinte. Die Schotten schienen auch am schlechtesten Wetter Freude zu finden.

»Wie es aussieht, hat es in der Nacht geschneit«, antwortete Caroline.

»Aye, wir hatten letzte Nacht gut fünf Zentimeter Schnee. Die Köchin erzählt mir, dass die Straße vom Dorf herauf vollkommen vereist ist. Aber seien Sie versichert, dass das den Pfarrer nicht aufhalten wird. Wie man so schön sagt: Nicht das Wetter ist schlecht, sondern die Kleidung, die man trägt.«

Caroline drehte sich um, als Lady Alison und Ewan hinter ihnen in der Tür erschienen. Ewan trug das schwarz-grau-blaue Tartanmuster der Herren von Strathmore. An der unteren Ecke seines Kilts befand sich eine silberne Anstecknadel mit dem Familienwappen in Form eines sich aufbäumenden Pferdes, das über drei vierzackigen Sternen thronte. Es glitzerte so strahlend, wie es das trübe Morgenlicht zuließ. Mit seinem Schwert mit dem Korbgriff an der Seite sah er wie ein echter schottischer Laird aus.

In seinen Armen, warm eingewickelt in eine dicke Strathmore-Schottenkaro-Decke, lag David. Er war wach, und für Carolines aufmerksames Auge war er ganz bei der Sache.

»Komm schon, mein Junge, lass uns dich zur Kirche bringen«, sagte Ewan.

Damit machten sich Ewan und die kleine Taufgesellschaft auf den Weg zu der Steinkapelle, die sich auf dem Schlossgelände befand. Während sie über den Hof gingen, stand das gesamte Personal des Schlosses an einer Seite. Mit gezogenen Hüten und gebeugten Häuptern.

Caroline beobachtete sie, als sie vorbeiging. Sie war von einem überwältigenden Gefühl der Erleichterung erfüllt. Die Bewohner von Strathmore Castle hatten David als einen der ihren akzeptiert. Er würde nie ihr Lord sein, aber für sie war er immer noch ein Sohn des Hauses.

Die Taufgesellschaft versammelte sich in der kleinen Steinkapelle. Es war ein einfaches Gebäude mit einem verzierten Torbogen. Tante Maude erklärte, dass der Steinbau aus einer Zeit stamme, als Schottland noch offiziell ein römisch-katholisches

Land war. Im Laufe der Generationen und unter Berücksichtigung des nationalen Glaubens hatte die Familie nie eine besondere Notwendigkeit gesehen, das Gebäude zu verändern. Es war immer noch ein Haus Gottes, also hatten sie es so belassen, wie es ursprünglich gebaut worden war.

Der Pfarrer des Dorfes wartete auf sie. »Willkommen, Euer und Ihre Gnaden, Lady Maude, Lady Caroline, bitte versammeln Sie sich.«

An einer Seite des Altars stand das Taufbecken. Die kleine Gruppe schaffte es, sich in diesen engen Bereich zu quetschen, ohne dass es allzu unangenehm wurde.

Beginnend mit Ewan hielten sie alle abwechselnd David im Arm und gaben ihr Versprechen ab, gute Paten zu sein und David in seinem Leben zu unterstützen. Als die Zeit für Caroline gekommen war, ihr Gelübde abzulegen, übergab Ewan ihr den nun schlafenden David.

Tränen stiegen ihr in die Augen. Sie war dabei, ihm zu schwören, bei seiner Erziehung mitzuhelfen, doch es war durchaus möglich, dass sie in seinem Leben keine große Rolle spielen würde. Sie wandte sich an Ewan. »Sie haben mich zu Davids Patin auserkoren, was bedeutet, dass ich an seinem Leben teilhaben muss, wenn er aufwächst. Versprechen Sie mir, dass Sie mir erlauben werden, mein Gelübde zu erfüllen. Schließen Sie mich nicht aus seinem Leben aus – oder aus Ihrem. Ihre zukünftige Herzogin wird verstehen müssen, dass ich im Leben meines Neffen einen Zweck erfülle.«

Ewan trat vor und drückte seinem Sohn einen väterlichen Kuss auf die Stirn. »Ich verspreche dir, dass ich dir deine Tante Caroline nie wegnehmen werde, mein Junge«, sagte er.

Lady Alison streckte die Hand aus und tätschelte Caroline den Arm. »Wir alle versprechen es.«

Tante Maude wischte sich die Tränen aus den Augen.

Kapitel Zweiundzwanzig

Sobald die Sonne untergegangen war, wurde ein großes Lagerfeuer in der Mitte des Hofes entzündet. Dorfbewohner und Burgbedienstete drängten sich um das riesige Feuer und beobachteten, wie die ersten Funken in die Nachtluft stoben.

Auf der einen Seite des Lagerfeuers war ein gewaltiger Spieß errichtet worden. Zwei imposante Wildschweine drehten sich seit kurz nach Sonnenaufgang am Spieß. Der berauschende Geruch von gebratenem Fleisch durchzog die Luft.

Niemand würde heute Abend hungrig ins Bett gehen.

Ewan stand auf den Stufen des Bergfrieds und sah zu, wie ein mit Feuerwerkskörpern beladener Wagen weit weg von den Flammen an seinen Platz gezogen wurde. Eltern sammelten ihre kleinen Kinder ein und brachten sie in sichere Entfernung. Auf Ewans Signal hin wurden die ersten von vielen Feuerwerkskörpern gezündet. Sie rauschten hoch in den Nachthimmel.

Lauter Jubel und Beifall begrüßten jede neue Rakete, die sich in den Himmel erhob. Schon bald folgten Freudenschreie, als das Feuerwerk über den Köpfen explodierte.

Ewan beglückwünschte sich im Stillen dazu, dass es ihm gelungen war, Davids Taufe am Heiligabend zu arrangieren. Das

Feuerwerk und die Feierlichkeiten dienten seinen beiden Zielen. Die einheimischen Schotten würden sich ebenso über das Arrangement freuen können wie die in England geborene Lady Caroline.

»Wo ist Caroline?«, fragte Lady Alison.

Er drehte sich um, und zum ersten Mal seit seiner Ankunft bei den Feierlichkeiten stellte Ewan fest, dass Caroline nicht bei der Versammlung anwesend war.

»Ich weiß es nicht«, antwortete er. »Ich habe sie nicht mehr gesehen, seit wir von Davids Taufe zurückkamen. Sie hat versprochen, sich heute Abend zu uns zu gesellen.«

Caroline hatte vor Stolz geglüht, und er hatte gehofft, dass sie bei der Rückkehr zum Bergfried glücklich sein würde. Es war ein Geniestreich von Lady Alison und Tante Maude gewesen, Caroline als Davids Patentante vorzuschlagen. Sie war nun für immer mit ihrem Neffen familiär verbunden.

Er blickte über die Köpfe des auf der Treppe hinter ihm versammelten Hauspersonals hinweg, sah aber Carolines große, schlanke Gestalt nicht. Er beschloss, sich auf die Suche nach ihr zu machen, als sie plötzlich an der Tür erschien.

Er winkte ihr, sich ihm anzuschließen, aber sie schüttelte den Kopf und blieb im Schatten des Bergfrieds.

Irgendetwas war falsch.

»Mama, würdest du bitte übernehmen, ich muss mit Caroline sprechen.«

Als er an ihrer Seite ankam, bemerkte er, dass Caroline beunruhigt war. Selbst im schwindenden Licht konnte er die verräterischen geschwollenen Augen einer Frau erkennen, die vor nicht allzu langer Zeit mit dem Weinen aufgehört hatte.

Was auch immer los war, inmitten einer Menschenmenge war nicht der richtige Ort, um sie zu einer Antwort zu drängen.

»Komm mit mir«, sagte er und nahm sie sanft am Arm.

Ewan führte Caroline durch den Bergfried und eine lange Wendeltreppe hinauf und erreichte schließlich eine kleine Eisentür, die er aufstieß. Hinter der Tür befanden sich die Festungsmauern auf der Spitze der Burg. Ein privater Ort, den nur Familienmitglieder der Radleys besuchen durften.

Er schloss die Tür hinter ihnen. »Wir sind allein, und niemand wird es wagen, uns hier oben zu stören.«

Caroline wischte sich die Tränen aus dem Gesicht und lehnte Ewans tröstend ausgestreckte Hand ab. »Mir geht es gut. Ich glaube, ich bin für heute Abend fast fertig mit Weinen, danke.«

Eine kühle Brise strich über die Zinnen, und sie wickelte ihren Mantel fester um sich. Ewan griff in seine Manteltasche und holte eine silberne Whiskyflasche heraus. Er bot ihr den Whisky an.

»Glenturret, ein feiner Tropfen. Trinken Sie davon, um die Kälte der Nachtluft zu vertreiben. Dann können wir reden.«

Sie nahm das Fläschchen entgegen und nahm einen Schluck. »Das ist gut. Ein bisschen weicher als Brandy. Ich danke Ihnen.«

Sie reichte Ewan den Flachmann zurück und zog dann einen Brief aus der Rocktasche ihres Kleides hervor.

»Hannah hat mir das gegeben, als wir in Manchester waren. Es ist von Beatrice. Um ehrlich zu sein, hatte ich den Brief schon ganz vergessen, aber als ich heute Nachmittag meine Sachen durchwühlte, um etwas zum Anziehen für den Weihnachtstag zu finden, stieß ich wieder darauf. Als ich den Brief öffnete, habe ich es sofort bereut.«

Was um alles in der Welt könnte Beatrice zu Caroline gesagt haben, um sie so zu verstören? Was war das letzte Teil des Beatrice-Puzzles, das gelegt worden war, um Caroline und ihn zu Fall zu bringen?

Ich dachte, Caroline und ich hätten vielleicht eine Chance. Und jetzt wird Beatrice aus dem Jenseits kommen, um uns diese Chance zu stehlen?

Ewan hielt den Brief gegen eine der Schießscharten in den Zinnen und nutzte das Licht des riesigen Lagerfeuers, das darunter glühte. Nach dem Lesen faltete er den Brief langsam zusammen und steckte ihn in seine Manteltasche. Ihm wurde übel, und er war fest entschlossen, dass das Schreiben nie wieder in Carolines Hände geraten sollte.

»Es tut mir so furchtbar leid, Caroline. Ich hatte keine Ahnung.«

Der Brief war voller Wut und Bosheit. Der Hass auf Ewan und ihr ungeborenes Kind wurde auf der Seite offenbart. Aber Beatrice hatte sich den schwärzesten ihrer Zornesausbrüche für ihre Schwester aufgehoben. Caroline hatte die volle Wucht des Geschehens abbekommen.

»Ich wusste, dass sie mich immer gehasst hat. Als ich heranwuchs, spürte ich, dass sie sich wünschte, ich würde nicht zu ihrem Leben gehören. Als wir erwachsen wurden, hatten wir kaum noch eine Beziehung zueinander, aber selbst ich ahnte nicht, wie tief ihre Feindseligkeit mir gegenüber wirklich war. Dass sie absichtlich jede Chance von Ihnen und mir vergiften würde, zusammen zu sein.«

Ein kaltes Gefühl machte sich in Ewans Magen breit. Beatrice hatte sich nicht vorgenommen, ihn zu verführen, sondern ihre Schwester mit allen Mitteln zu vernichten. Er war lediglich ein Bauer in ihrem bösen Spiel gewesen. Ein blinder und egoistischer Narr, der ihren bösen Machenschaften auf den Leim gegangen war.

Das Schlimmste aber war, dass ihr das Kind, das in ihrem Schoß heranwuchs, weniger als nichts bedeutet hatte. Davids bloße Existenz war ein Fluch in ihrem Leben.

»Ich weiß nicht, was ich sagen soll. Es gibt nichts, was ich jemals tun oder sagen könnte, um den Schmerz wiedergutzumachen, den ich verursacht habe«, stammelte er.

Ein unerwartetes Lächeln bildete sich auf ihren Lippen. Ihr ganzes Gesicht veränderte sich, als die Traurigkeit verschwand.

»Das habe ich auch gedacht. Heute Nachmittag war ich viel zu lange in der Tiefe der Verzweiflung versunken. Ich weinte über all die langen Jahre, in denen meine Schwester mein Feind war. Von der schwesterlichen Zuneigung, die sie so eifrig zurückgehalten hatte. Schmerzliches Bedauern, das mich bis ins Mark zu treffen drohte. Aber nicht mehr. Denn in den letzten Stunden habe ich verstanden, was sie getan hat. Ich habe diesen Brief ein

Dutzend Mal gelesen, und als ich meine Seele durchforstete, entdeckte ich die Wahrheit. Indem Beatrice Sie verführte und uns dadurch auseinanderbrachte, dachte sie, der Schaden würde dauerhaft sein. Dass das Gewebe einer Beziehung zwischen Ihnen und mir niemals repariert werden kann. Aber mit einer Sache hat sie nicht gerechnet: mit der Macht der Vergebung.«

Caroline kam an Ewans Seite und legte ihre Hand zärtlich an seine Wange.

»Wenn ich dir nie verzeihen würde, hätte sie gewonnen. Ihr Sieg über mich wäre vollkommen. Heute haben wir beide David und einander ein Gelübde abgelegt, und das hat mein Herz noch einmal für dich geöffnet. Ich weiß nicht, was das für dich bedeutet, aber ich möchte, dass du wenigstens so viel verstehst: Ich vergebe dir, Ewan.«

Ewan nickte, zu ängstlich, um zu sprechen. Alles, was zählte, war, dass er mit Carolines Vergebung endlich wieder Hoffnung besaß.

Kapitel Dreiundzwanzig

Caroline hatte nicht vorgehabt, Ewan in dieser Nacht ihr Herz zu offenbaren, sie hatte vorgehabt, es zu einer langsamen Enthüllung ihrer Gefühle für ihn zu machen. Um nach und nach zu testen, wie tief das Wasser war. Das Risiko war es wert, eingegangen zu werden.

»Caroline«, murmelte er.

Eine starke Hand legte sich um ihre Taille, und er zog sie zu sich heran. Einen Moment lang suchten sie die Blicke des anderen. Die Zeit war wichtiger als Worte. Es war schon so viel gesagt worden.

Sie entspannte sich in seiner Umarmung, als Ewan ihren Mund mit einem glühenden Kuss eroberte. Sein vorheriger Versuch, sie zu küssen, war höflich, fast entschuldigend gewesen, aber dies war etwas ganz anderes. Ein Akt der Bejahung. Sie gehörte ihm. Ewan hielt nichts zurück.

Er vertiefte den Kuss, während seine Zunge über ihre Lippen glitt. Caroline stöhnte und erwiderte die Leidenschaft in gleicher Weise. Sie mochte in der Welt der Liebe eine Unschuldige sein, aber sie wusste, was sie wollte.

Caroline ließ ihre Hände unter Ewans Mantel gleiten und schlang ihre Arme um seine Taille. Sie hatte so lange auf diesen

Moment gewartet, und sie war entschlossen, diesen Mann nie wieder gehen zu lassen. Er gehörte ihr, und sie freute sich über ihren hart erkämpften Sieg.

Der laute Knall eines großen Feuerwerkskörpers, der über ihnen explodierte, erschütterte die Nachtluft, und sie brachen den Kuss ab. Ewan blickte zu dem hellen Licht auf. »Es ist der perfekte Abend für eine Feier. Für dich und mich. Meinst du nicht auch?«

»Ja.« Caroline hatte keine Angst mehr, ihrem Verlangen nachzugeben.

Ihre Lippen trafen sich zu einem zweiten Kuss, der ebenso heiß und heftig war wie der erste. Sie entspannte sich in dem Kuss und genoss jeden Augenblick.

Caroline war nicht im Geringsten überrascht, als ihr erneut die Tränen kamen. Ewan jedoch zog sich zurück, sein besorgter Blick suchte verzweifelt nach Antworten. »Warum weinst du?«

»Ich hätte nur nie gedacht, dass wir jemals eine zweite Chance bekommen würden. Ich hätte nicht gedacht, dass du mich willst.«

Eines Tages würde sie ihm ihre tiefe Verzweiflung offenbaren, als sie gehört hatte, wie Beatrice stolz verkündete, dass sie den Mann, den Caroline liebte, verführt hatte. Aber im Moment war sie damit zufrieden, es in der Vergangenheit liegen zu lassen. Heute Abend war sie einfach nur glücklich, dass sie die Freudentränen vergießen konnte.

Solange Ewan sie weiter küsste, war es Caroline egal.

»Ich habe dich immer gewollt, Caroline. Ich verspreche, dass ich nie wieder blind für deine Liebe sein werde.«

Ewan begleitete Caroline zurück zu den Festivitäten. Keiner wagte es, den anderen anzusehen, aus Angst, dass sie zu offensichtlich in dem sein würden, was sie gerade getan hatten.

Ein Fiedler erschien und spielte auf. Die Bediensteten des

Schlosses versammelten sich, und die glücklichen Paare tanzten einen fröhlichen Jig. Hannah, die den kleinen David im Arm hielt, lachte vor Freude.

»Schau, David, sieh dir all die tanzenden Menschen an. Ich erwarte, dass du, wenn du groß bist, ein guter Tänzer sein wirst. Du wirst bei den Damen auf all den wunderbaren Partys und Bällen in London beliebt sein.«

Ewan riskierte einen kurzen Blick hinüber zu Caroline. Sie lächelte und wippte mit den Zehen. Er merkte, dass sie es kaum erwarten konnte, rauszukommen und mit den anderen zu tanzen.

Heute Abend wäre der perfekte Zeitpunkt, um mit ihr zu tanzen.

Tante Maudes spitzer Ellbogen bohrte sich in seine Seite. »Um Himmels willen, geh und fordere Caroline zum Tanzen auf.«

»Das wollte ich gerade, und was ist daraus geworden, dass du nicht Amor spielst?«, knurrte er.

»Lady Alison und ich werden aufhören, wenn du diesem Mädchen einen Ring an den Finger gesteckt hast. Und jetzt ab mit dir.« Ewan lachte leise, als Maude ihre Hand in seinen Rücken drückte und ihm einen ermutigenden Schubs gab.

Als er an Carolines Seite trat, nickte sie seiner Tante zu. »Sind Sie unter Zwang hier, Euer Gnaden?«

»Nein, ich habe nur mit gut gemeinten, aber aufdringlichen Verwandten zu tun. Solche, die mich für unfähig halten, eine schöne Frau zum Tanzen aufzufordern.«

Er verbeugte sich tief, dann reichte er ihr die Hand. »Seien Sie versichert, dass ich durchaus in der Lage bin, die schönste Frau in diesem Schloss zu fragen, ob sie tanzen möchte. Sollen wir?«

Caroline gab ein Flüstern von sich. »Oh, ja bitte.«

Dies war der perfekte Moment. Es war Zeit für eine öffentliche Geste, für eine klare Aussage über den Stand der Dinge zwischen Lady Caroline Hastings und ihm. Nach dem heutigen Abend hätte niemand mehr Zweifel an Ewans Absichten.

Er ergriff Carolines Hand und zog sie in die Menge. Die versammelten Schaulustigen klatschten und jubelten mit unbändiger Freude.

»Ich kann mich nicht mehr daran erinnern, wann ich das letzte Mal einen Country-Caper getanzt habe, ich bin mir nicht sicher, ob ich mich an die Schritte erinnere«, sagte Caroline.

»Keine Sorge, folge einfach meiner Führung.«

Als Ewan Caroline in die Luft hob, stieß sie einen Freudenschrei aus. Sein Herz schlug höher, als er die pure Freude sah, die ihr ins Gesicht geschrieben stand. Als er sie wieder absetzte, sah er, wie sich die Flammen des Lagerfeuers in ihren tiefbraunen Augen spiegelten.

Wie hätte ich je daran zweifeln können, dass du eine leidenschaftliche Frau bist?

Hätten sie sich nicht mitten im Hof befunden und wären nicht hundert Augenpaare auf sie gerichtet gewesen, wäre er stehen geblieben und hätte sie erneut geküsst.

Beim nächsten Mal. Wenn du wirklich mein bist.

Kapitel Vierundzwanzig

Als das Feuer erlosch, löste sich die Menge auf, und die Dorfbewohner machten sich langsam auf den Heimweg. Schneeflocken tanzten ihren eigenen eleganten Walzer über den Innenhof. Eine weitere schneereiche Nacht stand bevor.

Im Inneren der Burg machte sich Ewan auf den Weg zum Tresorraum in der Mitte des Bergfrieds. Eine schwere Eisentür schützte die Reichtümer der Familie, und er brauchte zwei Hände und eine gehörige Portion Kraft, um die Tür zu öffnen. Er holte eine brennende Kerze und ging hinein.

Im Inneren standen eine Reihe von Regalen. In den hohen Regalen lagen verschiedene versiegelte Dokumente und Pergamentrollen. Darunter befanden sich auch die originalen Patentbriefe des ersten Herzogs von Strathmore.

Er blieb einen Moment lang stehen. An diesem geheimen Ort konnte er das große Geschenk und die Last spüren, die über Generationen hinweg an ihn weitergegeben worden waren. Strathmore war sein Besitz. Seine Lebensaufgabe war es, ihren Reichtum und ihre Macht für künftige Generationen zu mehren. Und um sicherzustellen, dass die Blutlinie der Familie Radley fortbestand.

Ewan machte sich auf die Suche nach seiner Beute. Auf dem

mittleren Regal stand ein Satz roter Samtschachteln. Jede davon enthielt ein unbezahlbares Schmuckstück der Familie. Er nahm eine kleine rote Ringschachtel in die Hand und öffnete sie.

Ein goldener Ring steckte sauber in der Ringhalterung. Ein leuchtender Rubin, umgeben von Diamanten, in einem einfachen, aber eleganten Design gefasst.

Der Ring war fast zweihundert Jahre alt. Jakob der Erste, König der vereinigten Kronen von England und Schottland, hatte es der Familie Radley als Gegenleistung für ihre Unterstützung in den ersten Jahren seiner Herrschaft geschenkt.

Er nahm den Ring aus der Schachtel und hielt ihn gegen das Licht. Das Feuer in seinem Inneren brannte hell und wurde durch den klaren Schein der Diamanten unterbrochen. Der Schmuck war ein fürstliches Vermögen wert.

Heute Abend hatte Caroline ihren Standpunkt klargemacht. Jetzt war es an der Zeit, dass er die Kontrolle übernahm und die Dinge vorantrieb. Der Ring war unbezahlbar, aber die Erfahrung hatte Ewan gelehrt, dass Caroline mehr von ihm wollte als nur Titel und Juwelen. Sie suchte den wertvollsten Schatz, den er besaß.

Sein Herz.

Er legte den Ring zurück in die Schachtel und klappte den Deckel zu.

Es gab hundert Frauen aus guten Familien, die er noch in dieser Nacht aufsuchen konnte, damit sie seinen Heiratsantrag annahmen. Herzöge hatten es nicht nötig, Frauen zu bitten, sie zu heiraten. Aber je mehr er darüber nachdachte, desto sicherer war er sich, dass er Caroline, wenn es darauf ankäme, anflehen würde, seine Frau zu werden.

Es war an der Zeit, alle Zweifel zu beseitigen. Um eine Zukunft mit dieser Frau zu planen. Um ihr endlich zu sagen, dass er sie liebte.

Kapitel Fünfundzwanzig

Caroline wickelte ihren langen schwarzen Reisemantel um sich und zog die Kapuze über ihren Kopf. Was sie jemandem sagen würde, dem sie im Bergfried begegnete, wenn sie entdeckt würde, hatte sie noch nicht entschieden. Angesichts des stetigen Schneefalls würde kaum jemand glauben, dass sie einen nächtlichen Spaziergang durch das Schlossgelände machen wollte.

Als sie Ewans Zimmertür erreichte, klopfte sie. Ihr Herz raste. Vorfreude, gepaart mit einem Hauch von Angst, floss durch ihre Adern. Sie war hier, um ihre Zukunft einzufordern.

Die Tür öffnete sich. »Ich werde heute Abend nichts mehr brauchen, danke«, sagte Ewan. Der Ausdruck der Überraschung auf seinem Gesicht, dass sie seine Besucherin war und nicht sein Diener, war unvergleichlich.

»Caroline?«

Sie fegte an ihm vorbei und betrat das Zimmer. Zu ihrer Erleichterung war Ewan so vernünftig, die Tür schnell zu schlie-ßen. Ohne ein Wort zu sagen, trat Caroline auf ihn zu, nahm sein Gesicht in ihre Hände und gab ihm einen langen, verführe-rischen Kuss auf die Lippen.

Als sie sein Zögern spürte, beugte sich Caroline vor und flüsterte in Ewans Ohr: »Ich werde diesen Raum nicht als Jungfrau verlassen. Heute Abend fangen wir beide an.«

Er blies seine Wangen auf. Es kam nicht jeden Tag vor, dass ein Mann ein derartiges Angebot von einer Frau erhielt. Er ergriff ihre Hand und nickte zustimmend.

»Von dieser Nacht an gehörst du mir. Ich möchte, dass dein erstes Mal etwas Besonderes wird, Caroline. Ich bitte dich, mir dein Vertrauen zu schenken. Und damit dich dem Empfangen und Geben von Freude hinzugeben. Zu gegebener Zeit, wenn du dazu bereit bist, kannst auch du deine Leidenschaft entfesseln. Ich will alles davon. Halte nichts zurück.«

Sie konnte ihre Besorgnis über die Aussicht, endlich mit ihm zusammen zu sein, nicht völlig verbergen. Der Gedanke, sich diesem Mann zu öffnen und ihr Herz zu teilen, ließ Caroline tief schlucken.

Hab keine Angst. Das ist es, was du willst.

Ihre Hand legte sich auf sein Herz. »Versprich mir, dass du immer ehrlich zu mir sein wirst. Keine Schleier, keine Geheimnisse. Ich lege mein Vertrauen voll und ganz in deine Hände.«

Er hatte bisher nicht die Worte gesagt, die sie hören wollte, aber sie würden kommen.

»Du hast meine Seele. Und ich werde dir nie wieder etwas vorenthalten«, erwiderte er.

Mit vorsichtigen, fast ehrfürchtig anmutenden Bewegungen nahm Ewan Caroline den Mantel ab. Darunter war sie nur mit ihrem Nachthemd bekleidet. Sein Blick wanderte über die Konturen ihrer spitzen Knospen, und er leckte sich über die Lippen.

»Ich habe aufgehört zu zählen, wie oft ich an diesen Moment mit dir gedacht habe. Wie es sein würde. Du bist die Frau aus meinen Träumen. Die, die ich in meinen Armen halte. Ich brenne für dich, Caroline. Zweifle nicht an meinem Hunger und meinem Verlangen nach dir.«

Ihre Finger griffen an die Seiten ihres Hemdes, und sie hob es langsam an. Zentimeter für Zentimeter wurde ihr nacktes

Fleisch seinem Blick ausgesetzt. Als der Saum das Ende ihrer Oberschenkel erreichte, hielt sie inne und holte zittrig Luft.

Ewan nahm das Hemd in die Hand. »Lass mich dir helfen.« Er hob es über Carolines Kopf und warf es auf den Boden. Sie stand nackt vor ihm.

Einen Moment lang war sie versucht, sich mit den Händen zu bedecken, aber Ewans begehrlicher Blick hielt sie gefangen. Er strich mit den Fingerspitzen über ihre gerötete Haut.

»So schön«, flüsterte er und fiel auf die Knie. »Lass mich deinen Körper anbeten. Lass mich dich schmecken.«

Seine Zunge berührte die glatten Falten ihres Geschlechts, und Caroline sog scharf den Atem ein. Er umfasste ihren Hintern und zog sie näher zu sich heran, um tief in ihre feuchte Hitze einzutauchen. Sie legte eine Hand auf seine Schulter, um sich festzuhalten, während er in einen leichten Rhythmus fiel.

Als er ihre empfindliche Knospe küsste, biss sie sich auf die Unterlippe. »Ewan, o Gott.«

Sie hatte sich selbst oft genug spät nachts im Bett berührt, um zu wissen, dass nichts auch nur annähernd an das Vergnügen herankam, mit dem Ewan ihren Körper verwöhnte. Er ließ einen Finger in sie gleiten und streichelte sie. Mit beiden Händen umklammerte sie seine Schultern und suchte Halt.

»Ewan, bitte«, flehte sie.

Er zog sich zurück und gab ihrem Geschlecht einen letzten tiefen Kuss, dann stand er auf.

»Noch nicht, meine Süße. Ich möchte in dir sein, wenn du kommst, und deine heiße Umklammerung spüren, die sich um mich legt.«

Er führte sie zum Bett, und Caroline setzte sich auf die Kante. Ewan zog rasch sein Nachthemd aus und gewährte Caroline den ersten Blick auf seinen nackten Körper. Er ertappte sie dabei, wie sie auf seinen leicht gerundeten Bauch schaute, und lachte. »Zu viele Haferkuchen und zu wenig Bewegung.«

Sie beugte sich vor und gab ihm einen zärtlichen Kuss auf den Bauch.

»Ich habe gehört, dass der Liebesakt ein wunderbares Mittel ist, um die Figur in Form zu bringen. Du könntest mich als deine neue Ärztin betrachten, deren Aufgabe es ist, dich wieder in Form zu bringen.«

»Und ich freue mich, dass du bereits Hausbesuche machst.«

Ihr Blick fiel auf seinen geschwollenen Schwanz, und sie hielt einen Moment lang inne. Ewan war erfahren im Schlafzimmer und wusste, wie man eine Frau beglückte. Sie war jedoch ein völliger Neuling.

»Sag mir, was ich tun soll. Zeig mir, wie du es magst, berührt zu werden«, sagte sie.

Er strich mit der Hand über seine Männlichkeit und drückte sie. »Halte ihn in der Hand, und dann leg deine Lippen um die Spitze. Du kannst mit deiner Zunge auf beiden Seiten und unter der Spitze auf und ab fahren. Und wenn du dich wohlfühlst, möchte ich, dass du daran saugst, ganz sanft«, wies er an.

Caroline tat, was er verlangte, und hatte bald einen guten Rhythmus gefunden. Sie genoss es, zu lecken und zu saugen, und hörte währenddessen sein ermutigendes Stöhnen. Durch die Nase atmend, nahm sie seinen Schwanz langsam tiefer in den Mund. Mit seinen Fingern in ihrem Haar schaukelte Ewan langsam seine Hüften hin und her und zeigte Caroline, wie tief sie ihn nehmen konnte. Niemals hätte sie gedacht, dass dies eine so angenehme Erfahrung sein würde. Diesem Mann Freude zu bereiten, war herrlich.

»Du lernst schnell, Caroline. Aber ich denke, das ist genug«, sagte er.

Er schob sie zurück aufs Bett und kletterte über sie. Caroline stöhnte auf, als Ewan die feuchten Falten ihres Geschlechts öffnete und zwei Finger in ihren erhitzten Körper gleiten ließ. Mit seinem Daumen, der über die Spitze ihrer empfindlichen Knospe strich, brachte er sie erneut an den Rand des Höhepunkts.

»Ewan«, flehte sie.

»Es ist Zeit. Versuch, dich zu entspannen, konzentriere dich auf dein Vergnügen.« Er nahm ihren Mund in einem brennenden Kuss, und Caroline tat ihr Bestes, sich darauf zu konzentrieren, den Kuss zu erwidern, und alles zu tun, um nicht daran zu denken, was sonst noch geschah. Ewan brachte seine Erektion an ihre warme Öffnung und stieß dann hinein. Es gab ein Stechen, einen kleinen Stich, und dann war es weg.

»Du gehörst jetzt mir«, sagte er.

Als sie ihm in die Augen sah, konnte Caroline erkennen, dass sie vor Leidenschaft glasig waren. Ewan war in diesem Moment verloren.

Er zog sich zurück und drang dann ganz in sie ein. »Ewan«, keuchte sie.

»Geht es dir gut?«

»Ja, ich glaube schon.«

Bei den nächsten tiefen Stößen legte sich Caroline zurück ins Bett und schloss die Augen.

Ohne Augenlicht waren ihre Sinne geschärft. Mit jedem Stoß, den Ewan tief in ihren Körper eindrang, wurde sie von Lust durchströmt. Die Spannung stieg langsam aber stetig an. Caroline spürte, dass sie kurz davor war, den Höhepunkt zu erreichen. Sie grub ihre Finger in seine Hüften und trieb ihn weiter an.

Doch anstatt sie zur Vollendung zu bringen, verlangsamte er seine Stöße und zog sich zurück. Schweiß rann ihm über Brust und Stirn.

»Nicht so schnell, meine Liebe. Ich möchte, dass es so lange dauert, bis du denkst, du würdest verrückt werden. Dann, und erst dann, werde ich dich in die Tiefen deines Höhepunkts entlassen.«

Caroline umklammerte seine Hüften fester und wollte unbedingt, dass er erneut tief in sie kam. Ewan kehrte zurück und stieß gegen ihre geschwollene empfindliche Knospe. Immer wieder, bis sie fast zerbrach, aber jedes Mal hielt er sie zurück. Brachte sie an den Rand des Wahnsinns und hielt sie dort, indem er sie nicht über den Rand hinausgehen ließ.

Doch schließlich konnte auch er die anschwellende Flut ihres Höhepunkts nicht mehr aufhalten. Ein tiefer, herrlicher Stoß in ihr Geschlecht, und Caroline zersplitterte in Ewans Armen. Bewusstseinsveränderndes Vergnügen durchströmte ihren Körper.

»Ewan, oh ...«

Das Tempo seiner Stöße steigerte sich zu einer Raserei. »Hebe deine Beine, schlinge sie um meine Hüften, nimm mich tiefer.«

Caroline tat, was er befahl, und hielt sich fest, während er in sie stieß. Gerade als sie glaubte, nicht mehr zu können, hörten Ewans Stöße auf, und er sackte auf ihr zusammen.

»Du wirst mein Tod sein«, murmelte er.

Sie konnte sich ein Grinsen nicht verkneifen. Ein breites Siegeslächeln trat ihr auf die Lippen.

Er gehört mir. Und ich gehöre ihm. Heute Nacht und für immer.

Als Caroline später Ewans Bett verlassen und in ihr Zimmer zurückgehen wollte, weil sie befürchtete, am Morgen von den Bediensteten entdeckt zu werden, zog er sie zurück unter die Decke. Seine Arme legten sich um sie, und er hielt Caroline in der Wärme des Bettes.

»Ich dachte, du würdest wollen, dass ich gehe«, sagte sie.

»Nein. Das ist das Bett, in dem du heute Nacht schläfst, Caroline, und von nun an jede Nacht. Wo ich meinen Kopf hinlege, tust du es auch. Und jetzt schlafe, mein Schatz, morgen haben wir einen großen Tag zum Feiern vor uns.«

Während Ewan nackt neben ihr lag, schloss Caroline die Augen und gab sich den Verlockungen des Schlafes hin. Ihr letzter Gedanke, als sie einschlief, galt dem Morgen.

Ich denke, sie feiern Weihnachten nicht. Welchen Anlass könnte es außerdem geben?

Kapitel Sechsundzwanzig

Caroline durfte sich am nächsten Morgen früh in ihr Zimmer zurückschleichen, aber erst, nachdem Ewan und sie ein zweites Mal miteinander geschlafen hatten. Als ihr Dienstmädchen einige Stunden später eintraf, fiel es Caroline schwer, aus dem Bett aufzustehen. Sie hatte Stechen an Stellen, von denen sie nicht wusste, dass dort etwas stechen könnte.

In ihrem besten karmesinroten Kleid öffnete sie die unterste Schublade ihrer Kommode, holte die Weihnachtsgeschenke heraus, die sie gebastelt hatte, und ging zum großen Wohnzimmer der Familie. Dort bot sich ihr ein herzerwärmender Anblick.

Ein Zweig mit Weihnachtsrosmarin hing an der Seite des Kamins, und auf dem Sims stand ein Adventskranz. Um den Kranz hatte jemand einen Stoffstreifen im Schottenkaro von Strathmore geschlungen. Eine brennende Kerze in der Mitte des Kranzes vervollständigte die Weihnachtsdekoration.

»Du hast an Weihnachten gedacht, danke«, sagte sie.

Aber was sie zu Tränen rührte, war der Anblick von Ewan, der David in seinen Armen hielt. Vater und Sohn zusammen. Wenn sie um ein Weihnachtswunder gebetet hatte, dann war es dieses.

Caroline legte ihre Geschenke auf einen Tisch in der Nähe und drehte sich um, als Lady Alison und Tante Maude den Raum betraten. »Frohe Weihnachten.« Umarmungen und Weihnachtsgrüße wurden überall ausgetauscht.

»Ich weiß, dass ihr in Schottland kein Weihnachten im eigentlichen Sinne feiert, aber ich wollte euch allen trotzdem ein kleines Weihnachtsgeschenk machen. Ich bitte euch um Nachsicht«, sagte Caroline.

Die handgestrickten Schals kamen bei Lady Alison und Tante Maude gut an. Wie Zwillinge saßen sie nebeneinander auf dem Sofa, die Schals um den Hals gewickelt, und grinsten sich breit an.

Caroline nahm David in den Arm und setzte sich mit ihm hin, um sein Geschenk zu öffnen. Er schnupperte kaum an seinen neuen Kleidern, sondern interessierte sich viel mehr für die Schleifen an der Vorderseite ihres roten Kleides. Ewan entschuldigte sich für einen Moment. Bald kam er mit Hannah, dem Dienstmädchen, zurück.

»Wenn man bedenkt, dass es an Weihnachten um die Geburt eines Kindes geht und Hannah von Geburt an die Beschützerin meines eigenen Kindes war, fand ich es passend, dass sie sich heute zu uns gesellt«, sagte Ewan.

Er holte einen Zettel aus seiner Jackentasche und reichte ihn Hannah.

»Das ist für Sie, wenn Sie es annehmen wollen.«

Hannah öffnete den Zettel und las mehrere Minuten lang, bevor sie versuchte, das Blatt Ewan zurückzugeben. Er schüttelte den Kopf. »Es ist für Sie.«

»Ich verstehe nicht, Euer Gnaden. Da steht etwas von einem Häuschen und einem Stipendium. Ich weiß nicht, was ein Stipendium ist.«

»Es bedeutet, dass Sie für den Rest Ihres Lebens ein Haus auf dem Landgut von Strathmore bewohnen und nutzen werden. Außerdem steht Ihnen jedes Jahr ein Betrag zur Verfügung, von dem Sie leben können, unabhängig davon, ob Sie sich für das

Haus entscheiden oder nicht. Für all das, was Sie getan haben, schulde ich Ihnen mehr, als ich jemals zurückzahlen könnte«, erklärte er.

Hannah sah Caroline an, bevor sie in Tränen ausbrach. Ewan hatte Hannah davon befreit, für den Rest ihres Lebens als Dienstbotin zu arbeiten. Sie konnte wählen, wo und wie sie leben wollte.

»Ich glaube, es kommt noch ein Geschenk«, sagte Tante Maude. Sie und Lady Alison rutschten auf dem Sofa vor.

Caroline hob Ewans Geschenk auf und überreichte es ihm.

»Und das ist für Sie.«

Er nahm das Hemd. Als er das Geschenk öffnete und hochhielt, herrschte eine peinliche Stille im Raum. Ewan warf seiner Mutter und seiner Tante einen Seitenblick zu.

»Lady Caroline, in Schottland ist es üblich, dass nur eine enge weibliche Verwandte, wie zum Beispiel die Ehefrau, einem Mann seine Kleidung näht. Darf ich fragen, wer Sie auf diese Idee gebracht hat?«

Caroline lächelte. »Dieselben Leute, die so hilfreich waren, ein Kindermädchen aus Edinburgh zu finden«, antwortete sie.

Die Einmischung der Radley-Frauen war nicht unbemerkt geblieben. Sie hatte geahnt, dass etwas im Gange sein musste, nachdem sich die dritte Kandidatin für ein Kindermädchen als völlig ungeeignet erwiesen hatte. Es war beruhigend zu wissen, dass sowohl Lady Alison als auch Tante Maude daran interessiert waren, dass Caroline auf dem Schloss blieb.

Ewan grinste wissend. »Das ist ein sehr durchdachtes Geschenk. Vielen Dank, Caroline.«

Er reichte Tante Maude das Hemd und streckte dann seine Hände aus, um David aus Carolines Armen zu nehmen. David begann augenblicklich zu jammern.

Ewan schüttelte den Kopf. »Er kann ohne dich nicht leben, Caroline. Und ich muss gestehen, dass ich der gleichen Meinung bin.«

Mit seinem Sohn auf dem Arm ging der Herzog von Strathmore auf die Knie. David füllte seine Lungen mit Luft und stieß einen Schrei aus. Ewan sah bestürzt auf ihn hinab, während Caroline in Gelächter ausbrach.

»Was auch immer du mir sagen willst, ich schlage vor, du kommst zur Sache, ehe er in Fahrt kommt«, sagte sie.

»Heirate mich. Heirate uns.« Er zog eine kleine Schachtel aus seiner Manteltasche und hielt sie hoch.

Caroline nahm sie aus seiner ausgestreckten Hand und öffnete die Schachtel. Ein großer Rubin mit umlaufenden Diamanten glitzerte in der Vormittagssonne.

»Er wurde von den letzten fünf Herzoginnen von Strathmore weitergegeben. Ich hoffe von ganzem Herzen, dass du die sechste Frau sein wirst, die ihn als Verlobungsring tragen wird.«

Sie schaute vom Ring zu Ewan, der inzwischen Mühe hatte, auf seinem Knie zu bleiben und den protestierenden Säugling in seinen Armen zu balancieren.

Hannah trat vor und nahm David an sich. »Sch, mach kein Theater, mein Süßer. Dies ist ein wichtiger Moment in deinem Leben«, murmelte sie ihm zu.

Caroline hatte diese Szene oft genug in ihrem Kopf durchgespielt, und abgesehen von dem weinenden kleinen Jungen, sah es genau so aus, wie sie es sich vorgestellt hatte.

Ewan kam auf die Füße.

»Wie du inzwischen sicher festgestellt hast, verfüge ich nicht über den Glanz, den man von einem Mann meines Standes erwarten würde. Frauen waren und sind für mich immer noch geheimnisvolle Geschöpfe. Was ich weiß, ist, dass in den letzten Wochen ein Gedanke in meinem Kopf immer stärker geworden ist. Und in Anbetracht der Ereignisse der letzten Tage ist dies das Einzige, was ich dir heute zu sagen brauche.«

Er streckte seine Hand aus und strich über Carolines Wange.

»Ich liebe dich von ganzem Herzen. Ich möchte dich immer an meiner Seite haben. Willst du meine Frau werden, meine Herzogin?«

»Ich habe nie aufgehört, dich zu lieben. Selbst nachdem du mir das Herz gebrochen hast.«

Ewan zog den Ring aus der Schachtel und steckte ihn Caroline an den Finger.

»Ich werde dir nie wieder wehtun. Von diesem Tag an gehöre ich dir.«

»Ja.«

Kapitel Siebenundzwanzig

»*Von diesem Tag an* ...« Bei Ewans Worten, war Caroline der Meinung gewesen, er spräche von einer Verlobung. Bald wurde ihr klar, dass er sie mit dem heutigen Tag zur Herzogin von Strathmore machen wollte.

Ohne dass sie es wusste, hatten im Schloss schon vor Sonnenaufgang rege Hochzeitsvorbereitungen geherrscht. Die Familienkapelle wurde eilig mit Blumen und hübschen Kräutern geschmückt, und Ewan hatte den Dorfpfarrer aus seinem Bett holen lassen, der nun in seinem besten Gewand auf die Hochzeitsgesellschaft wartete.

Der Innenhof war inzwischen vom Schnee befreit und ein zweites Lagerfeuer errichtet, und für das Hochzeitsfest angezapfte Fässer mit Ale und Whisky standen bereit. Frisch geschossene Wildschweine wurden am Spieß gebraten. Die Köchin ließ ihr Personal zwischen den Küchen und den Lagerräumen hin- und hereilen.

Das Burgpersonal und die Dorfbewohner hatten sich bereits innerhalb der Burgmauern versammelt. Es kam nicht jeden Tag vor, dass der Herzog von Strathmore heiratete, und niemand wollte sich die Feierlichkeiten entgehen lassen.

Alles, was jetzt noch fehlte, war die Braut.

Caroline war in ein cremefarbenes Kleid gekleidet und trug eine Schärpe aus Strathmore-Tartan über der Schulter, als sie die kurze Strecke vom Bergfried zur Kapelle ging. Das Gold- und Perlen-Diadem der Familie Hastings schmückte ihr hellbraunes Haar. In den Händen hielt sie ein kleines Sträußchen aus schottischem Heidekraut.

Jetzt weiß ich, was er mit den Feierlichkeiten meinte, die er für heute geplant hatte.

Lady Alison und Tante Maude saßen in der ersten Bank der Kapelle, neben ihnen David und sein neu ernanntes Kindermädchen Hannah. Da ihr Geliebter noch bei der Marine war, hatte Hannah das großzügige Angebot gemacht, bei der Familie Radley zu wohnen, bis sie heiraten und ihren neuen Mann in das ihr geschenkte Cottage auf dem Landgut Strathmore bringen konnte. Sowohl Ewan als auch Caroline nahmen ihren Vorschlag dankbar an.

Als sich Ewan, der vor dem Altar stand, umdrehte und sie anlächelte, glaubte Caroline, ihr Herz würde zerspringen. Unter seinem schwarzen Samtmantel und den Reithosen trug er eine Weste aus Strathmore-Schottenkaro. Unter der Weste trug er voller Stolz das weiße Hemd, das seine neue Braut für ihn genäht hatte.

Als sie seine Seite erreichte, gab er ihr einen zärtlichen Kuss auf die Lippen. Der Pfarrer schaute auf seine Bibel und tat so, als hätte er nichts gesehen.

»Ich liebe dich, Caroline. Ich könnte nicht glücklicher sein, weil ich weiß, dass du für den Rest meines Lebens an meiner Seite sein wirst.«

»Ich liebe dich auch.«

Sie hätte sich nie vorstellen können, eine Weihnachtsbraut zu werden, aber von allen Geschenken, die sie sich hätte wünschen können, war das Wissen, dass der Mann, den sie heiraten würde, sie wirklich liebte, das wertvollste Geschenk von allen.

Ihr schottischer Herzog gehörte endlich ihr.

Epilog

»R uhig, mein Junge.«

Caroline küsste die Stirn des Neugeborenen, das sie in ihren Armen hielt, während sie versuchte, es zu beruhigen.

»Er hat die gleiche Lunge wie sein Bruder«, sagte Ewan.

Er griff hinunter und hob den sich windenden David auf, der inzwischen zu einem strammen Kleinkind herangewachsen war. David war ganz aufgeregt, das neue Baby zu sehen.

»Baby Alex«, sagte David.

Der Herzog und die Herzogin von Strathmore tauschten ein Lächeln aus. Das erste von Davids Geschwistern war endlich da. Ein Kind, das in Liebe gezeugt und im zweiten Jahr ihrer Ehe empfangen worden war.

Alex Radley, der Marquis von Brooke.

Davids Reise zu seinem eigenen Happy End erzähle ich euch in dem Roman Eine verbotene Liebe für die Lady

Die von Alex in

Der skandalöse Liebesbrief des Marquis

www.sashacottman.com

Bücher von Sasha Cottman

Historischer Liebesroman

DIE FAMILIE KEMBAL

Die Versuchung des englischen Marquis

DER HERZOG VON STRATHMORE

Der skandalöse Liebesbrief des Marquis

Eine verbotene Liebe für die Lady

Die Tochter des Herzogs

Meine Liebe, der Gentleman und Spion

Die Lady mit dem ungezähmten Herzen

Die Eiskönigin

Eine Braut, die sich nicht traut

Das betrogene Herz einer Lady

Ein schottischer Herzog zu Weihnachten

Der Lord und die Lady des Meeres

NEUANFANG ZU WEIHNACHTEN (REGENCY CHRISTMAS)

Neuanfang zu Weihnachten (Regency Christmas) 1

Neuanfang zu Weihnachten (Regency Christmas) 2

VERRUCHTE REGENCY ROGUES

Geküsst von einem skandalösen Lord

Gestohlen von einem verführerischen Herzensbrecher

Verführt von einem unwiderstehlichen Rake

Begehrt von einem berüchtigten Schmuggler

Geliebt von einem verruchten Duke

DIE EDLEN HERREN

Liebeslektionen für den Viscount

Ein Lord mit verruchten Absichten

Ein verführerischer Schurke für Lady Eliza

Unverhofft Duke

LONDONER LORDS

Verliebt in den belgischen Grafen

Dem spanischen Herzog ergeben

Vom italienischen Grafen verführt

<h1 style="text-align:center">Join my VIP readers for your
FREE book</h1>

Regency London's wild child is about to meet her match...

If Lady Cecily Norris' parents are ashamed of her, they only have themselves to blame.

As a young girl, she was sent to live at a country estate along with other unwanted children of the *ton*. Her upbringing could only be described as unconventional and haphazard.

Cecily has now become a young woman both beautiful and wild at heart. Returning to London, she is determined to set her own rules for how she lives her life. As far as she is concerned, the *ton* and all its expectations for how a young unmarried woman should behave, can all go hang.

But she cannot fully escape her future, and her dismayed parents demand that she make a suitable and sensible marriage.

When Lord Thomas Rosemount trips over Cecily in a dark garden, he falls hard. His heart quickly follows.

In Thomas, Cecily encounters a man very different from those that she has lived with all her life. He is reliable, sensible, and dare she say a little boring?

But Thomas offers her something that she has never known before. A home and a future with someone who loves her.

Thomas knows it will take more than pretty words and a

kind heart to win Cecily's hand, and he will have to look deep inside himself to discover whether he is truly the man who can tame a Wild English Rose.

Join my VIP readers and receive your FREE copy of A Wild English Rose.

visit my website www.sashacottman.com

Englischsprachige Bücher

SERIES

The Kembal Family
The Duke of Strathmore
The Noble Lords
Rogues of the Road
London Lords

The Kembal Family

Tempted by the English Marquis

The Vagabond Viscount

The Duke of Spice

The Duke of Strathmore

Letter from a Rake

An Unsuitable Match

The Duke's Daughter

A Scottish Duke for Christmas

My Gentleman Spy

Lord of Mischief

The Ice Queen

Two of a Kind

A Lady's Heart Deceived

All is Fair in Love

Duke of Strathmore Novellas

Mistletoe and Kisses

Christmas with the Duke

A Wild English Rose

The Noble Lords

Love Lessons for the Viscount

A Lord with Wicked Intentions

A Scandalous Rogue for Lady Eliza

Unexpected Duke

The Noble Lords Boxed Set

Rogues of the Road

Rogue for Hire

Stolen by the Rogue

When a Rogue Falls

The Rogue and the Jewel

King of Rogues

The Rogues of the Road Boxed Set

London Lords

Devoted to the Spanish Duke

Promised to the Swedish Prince

Seduced by the Italian Count

Wedded to the Welsh Baron

Bound to the Belgian Count

Jessica Gregory schreibt freche, heiße „Rom Com" Liebesromane. Sie mag es, wenn ihre starken Heldinnen die Helden in die Knie zwingen. Sie hofft, eines Tages selbst auf dem *Planet Milliardär* zu wohnen.

Jessica ist das Liebesroman-Pseudonym der USA Today Bestsellerautorin Sasha Cottman.

Visit
Jessica Gregory Books

"Ready to take that next step with me, Vivian?
To Planet Billionaire."

VIP Members Story
An Italian Villa Escape

Instagram

TikTok

House of Royal

Royal Resorts

Undercover Milliardär - Royal Resorts

Jessica Gregory writes sassy steamy rom coms. She loves strong heroines and making her heroes grovel.

Royal Resorts

Room for Improvement

A Suite Temptation

The Last Resort

Sign up for Planet Billionaire and receive your FREE BOOK.

An Italian Villa Escape

visit www.jessicagregorybooks.com

www.ingramcontent.com/pod-product-compliance
Lightning Source LLC
Chambersburg PA
CBHW061348160726
47995CB00001B/221

Lord of the Jungle

Jungle Island, Volume 1

Sheri Fredricks

Published by Sheri Fredricks, 2016.

This is a work of fiction. Similarities to real people, places, or events are entirely coincidental.

LORD OF THE JUNGLE

First edition. June 25, 2016.

Copyright © 2016 Sheri Fredricks.

ISBN: 979-8231531097

Written by Sheri Fredricks.

Also by Sheri Fredricks

Jungle Island
Lord of the Jungle
Forever My Jane
Jungle Love

The Centaurs
Remedy Maker
Portals of Oz
Troll-y Yours

The Facility
Esme, Door 1

The Rugged Series
Rugged Thirst

Standalone
Monica Beggs
Continuum

Watch for more at https://www.sherifredricks.com.